# 더는 애쓰고 싶지 않은 마음

# 더는 애쓰고 싶지 않은 마음

인썸 산문집

가끔은 아무것도 생각나지 않고,
마음만 그대로였으면 좋겠다.

## 차 례

### 1장

### 사랑은 짧고, 이별은 길다는 것을

2장

## 이제 괜찮아져도 되는 것은 아닐까

3장

## 애써, 권태롭다

꽃이 핀 자리에 어찌 다른 것이 자랄까. 그 꽃이 다시 필 테지.

# 1장

## 사랑은 짧고,
## 이별은 길다는 것을

# 이별

—

그해 8월은 참 슬펐다. 이제서야 그 마음 두고 간다. 이제 나도 그 기억에서 마음을 거둔다. 안녕이라는 글자를 마침내, 오래 비워 둔 여백 위에 적어야겠다.

안녕.

## 소식을 기다렸다

—

한때는 너의 소식이 나를 끊어 놓기를 바라기도 했다. 내 스스로는 끊지 못하는 이 마음과 기억의 감정들. 너의 결혼 소식이라면 나를 완전히 끊어 놓을지도 모른다고 생각했다. 그 소식을 참 오래 기다렸던 거 같다. 제발 나를 멈춰주기를 바라며.

## 죄책감을 놓다

—

일 년은 반지를 빼지 않았고, 그다음 일 년은 목에 걸고 다녔다. 그리고 그다음 해 나는 그 반지를 마침내 강물에 집어 던졌다. 결심이었다. 마음은 이내 다시 내게 떠밀려 왔으나 여럿의 의미들은 지금도 어딘가를 떠다니고 있을 것이다. 개운했다. 감정에 의미가 없는 것에 대해 더는 책임을 질 이유가 없었기 때문에. 그날 내가 버리고 싶었던 것은 아마도 죄책감이었을 것이다.

가라앉는다. 아직은 내 마음이 아닌 무언가에 의해 떠밀려가기 싫다. 아직은 지키고 싶다. 이 마음과 기억들을. 변하지 않았으면 좋겠다.

## 당신은 잘 지내는지 모르겠습니다

나는 어느덧 행복하게 지내고 있습니다. 끝끝내 슬픔은 물거품이 되지는 않았으나, 불어오는 바람과 다가오는 파도에 그저 마음이 좋습니다. 눈에 들어오는 것들이 산들 하니 어쩐지 평온하게 들썩입니다. 어쩌면 지난 여름에 있었던 일들과 보고 싶다는 마음을 감출 수 있을 것도 같습니다. 당신은 잘 지내는지 모르겠습니다.

## 상처는 반복 된다

—

잊겠다는 다짐 하나에 온 마음이 만신창이가 되었다. 살던 사람이 떠난, 사는 사람이 없는 폐허. 그 다짐 하나 때문에 그 마음 하나 때문에 모든 것이 삶을 잃고 메마른다. 시들어 굳어가는 꽃다발 속의 주인 없는 꽃처럼, 서서히 부서질 때를 기다린다. 이 마음은 내 의지와는 상관 없이 언젠가는 끝이 나야 한다. 나는 마음의 시한부를 선고 받은 것이다.

## 나는 그날 왜 너를 봤을까

—

그리움은 모두 어디로 갔길래, 한 번 돌아오지를 않을까. 너에게 닿기는 한 걸까. 가서 부서진 걸까. 그것도 아니면 아직도 가고 있는 걸까. 아직 가고 있다면 그렇다면, 이렇게 먼 길이었을까. 언제까지 그리워해야 할까. 나는 그날 왜 너를 봤을까. 언젠가 만나자는 약속 하나 정해 놓지 못한 것이 이제와 서럽다.

## 운명이었을까

—

보고 싶다는 마음 참 오래 가지고 있었는데, 한 번 입에 담아보지도 못했다. 한 번쯤은 저질러봤으면 어땠을까. 후회는 아니고 이제 와 궁금하다. 우리가 달라졌을까. 삶이 달라졌을까. 그것은 선택이었을까. 아니면, 선택조차 못 하는 것이었을까. 만약 그렇다면, 그 또한 운명이었을까.

## 힘겨운 마음은
## 모두 새벽에 들어 찬다

—

기억이 흐르다 흐르다 끝내 너에게서 멈춘다. 머무른다. 눈을 감지도 못한 채로 며칠을 눌러 앉는다. 잠 못 이루는 밤에는 생각하면 안 되는 것들이 늘 먼저 떠오른다. 생각하기 싫어 뒤로 미루고 미뤄뒀던 것들이 먼저 떠오른다. 보고 싶다는 마음을 밀고 밀어내고, 한참을 떠밀린 채로 매일 밤 나는 그립다 그립다 다시 밀어 넣는다. 너로 가득 찬 새벽을 보낸다. 힘겨운 것들은 늘 새벽에 들어 찬다.

# 오해하며 산다

—

해질녘 노을 앞에 서서 눈을 감으면 온 마음이 붉어진다. 눈을 뜨면 내가 노을의 일부가 되고, 눈을 감으면 노을의 전부가 내 안에 녹아든다. 따스한 온기와 예쁜 모습에 착각하게 된다. 행복하게 잘 살고 있다고, 다 잊었다고, 괜찮아졌다고, 오해하게 된다. 이별한 내가 아직 사랑하고 있다고 착각하게 된다.

## 이별 다음에 오는 사람

—

지금의 만남이 마지막인 걸 아는 사람과 마지막인 줄 모르는 사람의 이별이 어떻게 같았을까. 나는 참 오랜 시간을 무엇 하나 정해진 것 없이 맴돌았던 것이다. 그리고 마침내 내려 앉을 곳을 찾은 것이었다. 이상하게도 계속해서 잔상을 남기고 가는 사람이 있다. 부디 휘날림 없이 그 사람에게 내려 앉았으면 좋겠다.

## 시작 해야 할 때

—

기대감이라는 거. 설렘이라는 거. 너무 오랜 만에 느껴보는 감정이라, 고민 없이 나를 던져보기로 했다. 혹여 상처가 남을지는 몰라도 후회는 없을 것이다. 멀리서부터 행복이라는 감정 특유의 바람이 불어오는 느낌이다. 느낄 수 있다.

## 다시 행복해질 수 있을까

—

감정의 순서가 바뀐다. 슬픔에서 행복으로, 눈물에서 웃음으로. '괜찮아진 걸까?' 하는 물음에 마침내 답이 달린다. '응' 이 한 글자 대답을 갖기 까지, 참 오래 걸렸다.

## 사람 한 명이 바꾸어 놓는다

—

말 한마디 없이 늘 홀로 타 있던 차에 사람 한 명이 들어와 앉았다. 한 시간, 두 시간, 세 시간을 함께 타고 넓고 푸르고 높은 곳을 향한다. 음악이 점점 흐르고, 딱딱하게 멈춰 있던 삶이 다시 움직인다. 나를 이끌고 앞서가는 그 모습이 어쩐지 좋다. 이대로 끝없이 끌려가고 싶어진다. 가보고 싶어졌다. 네가 바라보고 있는 그곳에 가보고 싶어졌다. 나는 웃게 될지도 모르겠다.

## 우리가 서로를 사랑하고 있을 때만 느낄 수 있는 그런 밤이었다

—

웃고 떠들며, 먹고 마시고 취해 하늘에 걸린 별을 헤아리다 잠이 들었다. 그 누구에게도 말하지 않고, 오롯이 너하고만 간직하고 싶은 그런 밤이었다. 우리가 서로를 사랑하고 있을 때만 느낄 수 있는 그런 밤이었다.

# 마음이 변하면 감정이 쉽다

—

눈에 맺혀서는, 머리에 들어와서는, 끝내 가슴에 내려앉았다. 사람 한 명이 감정의 방향을 바꿔 놓는다. 곧았던 마음이 유연해지면, 움푹 고여 있던 마음이 차고 넘치면, 사는 데 있어서 대부분의 것이 괜찮아진다. 새카만 시야에 사람 한 명 느닷없이 들어서서는 소란스럽던 마음을 정돈시킨다. 생각은 반대로 복잡해졌다. 하지만 마음이 변하니 감정도 쉽다. 여름, 가을, 겨울, 봄. 계절마다 흐르고 싶어졌다. 어쩌면 다시 행복을 찾을지도 모르겠다.

## 살아있음을 확인한다

답장이 오는 것만으로도 힘이 된다. 아직 살아있다는 기분이 든다. 내가 하는 말이, 입에서 뱉어지는 순간 세상에서 사라져 버리는 그런 쓸모없는 표현이 아니라는 것에 대해 위안을 느낀다. 누군가에게는 별것 아닌 것들이 누군가에게는 사는 데 큰 힘이 되기도 한다. 나는 힘이 생기기 시작한다.

# 기대

슬픔은 다 썼고, 행복은 아직 많이 남아있다. 그래야 한다. 그럴 것이다. 약간의 믿음과 간절한 마음으로 그리 느낀다. 바람이 불었고, 방의 온도가 달라졌다. 온도 변화를 느낀다는 것은 내가 그 자리에 오래 있었거나, 또는 변화의 폭이 크다는 뜻일 터. 전에 없던 높고 큰 파고, 익숙하지 않은 기분, 어쩐지 예감이 좋다. 기대하고 싶어진다.

## 기억보다는 추억이 좋다

—

혼자 걷다 둘이 걸으니 좋았다. 밥을 먹는 것도, 운전을 하는 것도, 술을 마시는 것도 모두 좋았다. 아무 때나 의미 없이 나조차 모르게 사라질 기억이 아니라, 두고두고 곱씹을 추억이라는 사실에 행복했다. 행복하다고 확실히 말할 수 있었다.

## 이유 없는 감정은 없음에

—

긴 밤 쉬지 않고 쌓인 눈이 오전 내 쓸려 나간다. 이렇게나 슬퍼지려고 행복했나 보다. 쓸려 나간 자리에 볕이 들고, 비가 내리고, 꽃이 피었다. 이렇게나 행복해지려고 슬펐나 보다.

## 짧게 적는다

—

오래 느끼고 짧게 쓴다. 오래 생각하고 짧게 적는다. 진심이라 부르는 진실된 마음. 다정한 생각. 짧은 표현에 남긴 오래된 시간을 애틋이 여기어 소중히 해야 하는 까닭이다.

## 너보다 내가 더 슬펐으면 좋겠다

네가 요즘 꾼다는 그 꿈에 들어가고 싶다. 몸부림치며 한참을 울다 깨어 나오는 그런 악몽이라도 말이다. 너 혼자 간직한 그 슬픔을 내가 덮어주고 싶다. 차라리 너보다 내가 더 슬펐으면 좋겠다. 너보다 내가 더 슬펐으면 좋겠다.

## 가장 소중한 것이었으면 좋겠어

—

행복이 전부는 아니지만, 행복이 가장 중요한 것은 맞아. 전부가 아니어도 좋아. 그러나 가장 중요한 것이었으면 좋겠어. 가장 소중한 것이었으면 좋겠어. 내가 너로부터 너의 삶에 그렇게 담겼으면 좋겠어.

## 내 편

—

내 편, 그렇게 적힌 내가 사실은 그게 얼마나 좋았는지 모른다. 이 세상에 내가 다시 필요해진 기분이 들었다. 그때 마음 먹었다. 너를 지켜줘야겠다.

## 기억 하나때문에

해야 할 말도 없고, 해줄 말도 없다. 마음이 없다. 텅 빈 마음, 공허라는 단어 하나에 눌러 담기에는 너무 많이 남은 기억. 기억은 하나인데 그 기억에 묻은 감정이 여럿이라, 기억 하나를 찾으면 감정은 곱절이 된다. 그 시간은 끝났는데, 그런 기억들은 늘어만 간다. 닿을 곳이 없는 마음은 감정을 빗댈 무언가를 찾다가, 결국에는 기억에 파묻히기 위해 스스로 돌아온다. 이렇게 마음에 감정이 가득 차는 까닭은 어쩌면 그날의 기억 하나 때문이다.

## 지난 밤에 아무 일도 없었다는 듯이 산다

늘 명확한 이유로 슬프다가도, 어느 날에는 그 이유마저 생각나지 않게 슬프다. 소중한 이유였으나, 더는 보여지는 것에 이유를 두지 않기로 했다. 괜찮은 척 산다. 타지 않고 검게 변해만 가는 허공에 마음을 잠시 매단다. 다가오는 밤이 아무렇지 않은 척 다가선다. 내일 아침이 곧 오겠지 하며 산다. 지난밤에 아무 일도 없었다는 듯이 산다.

## 힘 없는 마음

—

너는 밀어내고 있고, 나는 밀리지 않기 위해 이 순간에 목을 맨다. 붙잡고 싶은데, 붙잡으면 너도 무너질까 무엇도 함부로 뻗질 못하겠다. 내일의 모습이 보이고, 일주일 후의 모습이 쉽게 그려진다. 허공에 뜬 이 손이 나는 매우 부끄럽다. 마음 둘 바를 모르겠다. 이번에도 나는 할 수 있는 게 없다. 아무것도 할 수 없는 상황에 내가 놓이는 것인지. 내 마음은 힘이 없는 것인지. 나는 이런 순간이 너무 싫다.

## 눈물은 너무 쉽게 떨어진다

—

내리던 비가 마침내 그치자, 길었던 장마가 끝이 났구나 싶었다. 한동안은 감정 없이 내리던 빗소리에도 어느새 새로운 감정이 들어섰다. 창밖에 내리는 비는 어김없이 슬픔이 가득 담겨있다. 비는 사흘을 내리 내리다 오늘 새벽에서야 그쳤다. 쉬어 가는 것인지, 가지 못하는 것인지, 마음은 느닷없이 고요하다. 이렇듯 어느 날에는 마음이 잠시 멈추기도 한다. 비가 다시 내리기 시작했을 때 눈물이 나지 않았으면 좋겠다만, 나는 너무 쉽게 눈물을 흘린다.

## 세상에서 지우고 싶은 밤이었다

—

날은 좋았고, 주변의 모습은 황홀했다. 이윽고 해가 떨어지고 어둑해진 밤을 우리가 만든 조명과 화로가 밝혔다. 그 앞에 한참을 앉아있었다. 많은 말을 나누지는 않았다. 모든 것은 필요에 의해 만들어지는데, 나는 필요했고 너는 필요 없었을 것이다. 그날 내가 얼마나 슬펐는지 너는 모른다. 어느 날엔가의 너의 슬픔을 나도 모른다. 서로의 슬픔을 닦아 주었다면 무언가 달라졌을까. 서로의 그리움을 몰랐다면 무언가 달라졌을까. 쓸데없는 생각에 마음이 편치 않았다. 세상에서 지우고 싶은 밤이다.

## 그렇게 가서는 돌아오지 않았다

함께 계획했던 여행을 너는 결국 홀로 떠났다. 남은 시간은 열흘이 채 되지 않았다. 이미 정해진 이별. 그리고 그 후에 겪게 될 나날들. 감당할 수 없을 순간들. 마음이 남을까 벌써부터 겁이 난다. 돌아오기까지 일주일. 나는 남은 마음을 다 써야 한다. 너는 내게 붙잡혀선 안 되는 사람이기에 혹시라도 내가 너를 붙잡을까 그게 제일 걱정이다. 떠나는 사람을 붙잡아서는 안 된다는 마음으로 생각을 맺는다.

## 모든 기억이 상처가 된다

—

네가 내게 상처를 주려고 그랬을 거라고 생각하지는 않는다. 너도 네가 받을 어떤 상처를 피하기 위해 그랬을 것이다. 상처를 준 사람은 없는데, 상처를 받은 사람은 있다. 함께 만든 기억의 순간들 그 모든 게 상처가 됐다. 한 번의 기회를 남겨 두었던 감정. 마음 아픈 일은 더는 하지 않기로 했다. 마음 아플 마음은 더는 끌어안지 않기로 했다. 이 모자란 사랑이 그 마지막이었다. 다시 한번 마음에 못을 내려친다.

## 마음을 접는다

—

가지 말라는 말을 몇 번이나 했을까. 끝내 떠날 것을 알면서도 나는 왜 그랬을까. 그 수많은 외침이 한 번도 들리지 않았을까. 귓가에 울리지 않았을까. 그로 인해 너를 몇 번이나 더 울리지는 않았을까. 한 번쯤 마음에 얹히지는 않았을까. 웃는 얼굴보다 우는 얼굴이 먼저 떠오르면, 내가 준 것이 행복이 아닌 걸까. 이제는 정말 헤어져야 할 때인가. 느닷없이 보고 싶어지는 마음에 마음을 반으로 계속 접어가면서도 나는, 너를 떠올리다 떠올리다 더는 접을 수 없게 되었을 때까지 내가 찾지 않는 곳으로 떠밀어 날려 보낸다. 마음이 잘리지 않고 자꾸 늘어진다.

## 끝에서 마음 아플까 걱정이다

나는 어딘가로 계속 걷고 있다. 때로는 멈추기도 하고 온 힘을 다해 달리기도 한다. 가고픈 방향 하나만 보고 나아간다. 집중은 좁은 시야를 만들고, 좁은 시야는 판단의 수를 적게 만든다. 나는 갈 길이 이 길 하나뿐이다. 그러나 제대로 가고 있는지 모르겠다. 제대로 느끼고 있는지 모르겠다. 제대로 생각하고 있는지 모르겠다. 이대로 흐르다 끝에서 마음 아플까 걱정이다.

## 그 태양은 나를 태우고
## 밤으로 사라지겠지

—

오늘 너의 표정으로부터 더는 내가 필요하지 않다는 것을 느꼈어. 한 번도 밀리지 않고 버티던 내가 오늘은 지구 반대편까지 밀려났어. 내가 다시 너를 찾아갈 수 있을지 모르겠어. 잊히지 않을 것 같아 그 표정. 잊지 못할 거 같아 그 눈빛. 너는 그대로 비행기를 타고 날아가 버렸지. 나는 차를 돌려 너보다 오랜 시간을 날아갔어. 마치 시간을 거꾸로 돌려 운전하는 것처럼 왔던 길을 혼자서 되돌아가. 석양은 쏟아지고 나는 태양 속으로 들어가. 그리고 태양은 나를 태우고 밤으로 사라지겠지. 깊게 박히는 기억은 들어와 박힐 때조차 심한 상처를 낸다. 나를 버리러 가는 그 여행, 못 잊을 거 같다 그 표정. 마음 아프다. 헤어져야겠다는 생각이 들었다. 살며 처음으로 든 생각이었다.

# 고마웠어

—

공원에는 불빛이 자욱했다. 적당한 시간, 적당한 인적. 다리 위로 열차는 세 번을 오고 갔다. 천천히 걷고 싶었으나, 앞에 놓인 길은 생각보다 짧았다. 기어코 터져 나온다. 내 손에 고마웠다는 글자를 쥐어 주고 떠나간다. 참으로 아름다운 밤이었다.

## 마지막 모습을 만든다

누군가와 헤어질 때는 늘 같은 생각을 했다. '헤어지기 싫다. 헤어지기 싫다. 헤어지기 싫다.' 먼 미래의 감정이 몰려온다. 그것은 작은 파도가 끝에 이르러 부서지지 않고 겹겹이 쌓여 거대한 바다가 되어 온다. 나는 감정에 다가서는 것도, 그 감정의 깊이도 유별나다. 그 순간들이 나는 눈앞에 너무 쉽게 펼쳐진다. 이 모습이 내 기억에 마지막으로 남을 모습이라고 생각하며, 애를 써 새겼던 거 같다. 잊히지 않을 기억이라는 것을 알기에 슬픈 모습을 마지막에 두기는 싫었다. 애를 써 표정을 만들었다. 그때 나는 어떤 얼굴을 하고 있었을까.

# 공감

—

사랑한다는 말보다 보고 싶다는 말이 더 행복하다고 했다. 너는 자신을 사랑해 줄 사람이 아니라, 자신이 느끼는 것들에 대해 공감해 줄 사람이 필요했던 거 같다. 너에게는 그게 사랑이었던 거 같다.

# 사랑이 슬픈 이유를 모르겠습니다

사랑이 왜 이렇게까지 슬퍼야 하는지 모르겠습니다. 세상에 얼마나 많은 사랑이 있고, 얼마나 많은 이별이 있겠습니까. 그런데도 부족한 모양입니다. 사랑 때문에 왜 이렇게까지 슬퍼해야 하는지, 그 이유를 풀어줄 사람이 있다면 차 한 잔 대접하고 싶습니다만 계실지 모르겠습니다.

## 감정이란 기억

—

정확한 이유는 기억나지 않는다. 때가 언제였는지도 잘 모르겠다. 이성적 사고만으로는 넘겨짚지 못할 본능이었는지도 모르겠다. 간혹 그런 경우, 그런 기억이 있다. 상황은 기억나지 않는데 상대방의 모습이 아니라, 내 모습만이 기억이 나는 그런 기억 말이다. 내 모습은 절대로 내가 볼 수 없었을 텐데, 기억에 남은 것은 하필 내 모습이다. 그날은 마음에 눈물이 왈칵 쏟아졌는데, 감정을 돌리려 애써 다른 소리만 해댔다. 자칫하다가는 슬픔 대신에 아픔이 폭발할 것 같았다. 나는 그 순간을 감당할 자신이 없었다.

# 아름다운 것은
# 지고 나면 지독하게 아프다

—

계절을 스물한 번이나 보내고 나서야 꽃집에 다시 들어섰을 때, 내가 기분이 얼마나 좋았는지 아니. 설레었다. 이 감정은 너무 오랜만에 느끼는 것이라, 믿기지 않을 정도였다. 다시 행복할 수 있을지도 모른다는 기대감에 온 세상이 꽃 눈이 내렸고, 헤아림 없이 퍼지는 내음으로 내 마음이 가득 찼다. 그날에 들이마신 향기가 아직 다 빠져나가지 못하고, 나를 서럽게 만든다. 항상 그랬다. 아름다운 것은 지고 나면 지독하게 가슴 아프다.

## 무겁기만 한 마음은 힘이 없다

—

혼자 묻는다. 혼자 대답한다. 꺼내지도 못할 말을, 전하지도 못할 말을 밤새 주고받는다. 묻는다. 너는 괜찮아졌니. 대답한다. 나는 아직 슬프다. 보고 싶다, 보고 있는지 모르겠다. 할 말을 거둔다. 아무것도 달라진 것이 없다. 아무것도 달라질 것이 없다. 이 무겁기만 한 마음은 힘이 없다.

새파란 입술은 몇 번이나 슬펐길래. 무슨 마음을 물고서는 한 번 뱉어 내지 못 했길래.

## 무언가 해줄 수 있는 것이 얼마나 행복한 일인지

너의 눈이 되어 주었던 그 며칠 동안, 해줄 수 있는 게 많아 얼마나 행복하던지. 그날 내가 네 곁에서 세 번이나 울었다는 것을 너는 아마도 모를 것이다. 무언가 해줄 수 있다는 것이 얼마나 행복한 일인지, 그런 사람이 있다는 것이 얼마나 행복한 일인지 말해주고 싶다. 곁에 있는 사람에게 아직 해줄 수 있는 것이 있다는 것을 소중하게 여기었으면 좋겠다.

## 괜스레 미안한 마음

—

한 사람이 울고 있다. 웃는 얼굴을 하고서는 내 앞에 앉아 그렇게 울고 있다. 어쩐지 나는 헷갈린다. 혼란스럽다. 이게 행복이 맞는지. 사랑이 이런 건지. 내가 울린 것인지, 그 사람이 처음부터 가지고 있던 눈물인지. 괜스레 내 마음이 미안해진다.

## 의지는 되레
## 선택할 수 없을 때 생긴다

—

슬픔에 걸려 넘어진 새벽이면, 아침이 올 때까지 바닥에 넘어진 채로 기다려야 했다. 일으켜 주는 사람 하나 없어, 반드시 일어나야만 하는 시간이 될 때까지 그래야만 했다. 의지는 필요에 의해 생기는 것이 아니라, 선택할 수 없을 때 생긴다. 내 의지와는 상관없는 의지가 나를 움직이고 있었다. 아침에 가야 할 곳이 있는 것. 해야만 하는 일이 있어 다행이었다.

## 존재만으로도
## 위로가 되어 줄 수 있다면

눈에 뚜렷하게 보이는 감출 수 없는 슬픔이 있었다. 그런 슬픔을 간직한 채로 오히려 나를 위로하던 너. 그런 너에게 위로가 되어 주지 못하는 게 늘 마음에 걸렸다. 존재만으로도 위로가 되어주기에는 나는 부족한 사람이었던 거 같다.

## 행복 다음에 이별이 있다는 것을 잠시 잊고 지냈다

—

시간은 앞으로만 흐른다. 시작은 과거에 있고 끝은 미래에 있기에, 행복이 가까워지는 만큼 이별도 다시 가까워진다. 시작이 있으면 반드시 끝이 있는 법. 그 끝은 그저 시간 차이를 두고 다가온다. 이른 새벽, 검게 물든 밤. 조명 하나 켜진 오래된 테이블. 또다시 나는 슬픈 마음을 쓴다. 행복 다음에 이별이 있다는 것을 잠시 잊고 지냈다.

## 이별 안에서는
## 모든 것이 문제였다

삼킬 수 없는 것을 삼키면 탈이 난다. 그래서 우는 것이다. 삼킬 수 없는 감정, 삼킬 수 없는 기억. 관계로부터 느껴야 하는 감정이 아니라, 상황으로부터 받아들여야만 했던 감정들 때문에 이별 안에서는 모든 것이 문제였다.

# 아름다운 것은 순식간에 사라진다

—

기억이 넘어간다. 반듯이 고꾸라진다. 어느 시절의 감정들은 눈앞에서 땅에 처박힌 황홀한 석양처럼 한참을 아름다웠다가 순식간에 사라져 버렸다. 찾을 것인가, 잃을 것인가. 잊을 것인가, 잊히기를 기다릴 것인가. 생각이 새벽에까지 뻗친다. 있지도 않은 것이 공간을 가득 채운다. 잠시 눈을 감았다 뜬다. 아름다운 것은 순식간에 사라진다.

## 현실은 내가 만들어낸 감정의 결과라는 것을

—

방안을 들여다보아야 아무도 없다. 아무것도 없다. 벽과 천장이 하얗다. 있지도 않은 시계의 초침 소리가 연신 퍽퍽한 공기를 젓는다. 무엇도 밀려나지 않는다. 감정이 꿋꿋이 굳는다. 무거워진다. 더는 느끼는 것이 아닌, 사실이 된다. 사실은 결코 변하지 않는다. 그게 현실이 된다. 현실은 내가 만들어 낸 감정의 결과이다.

## 오고 가는 것이
## 불공평하여 가끔은 서럽다

—

그리움이 과하다. 앞으로는 한 치 앞에 있는 것도 못 넘는데, 뒤로는 며칠을 몇 달을 넘어선다. 오고 가는 것이 불공평하여 가끔은 서럽다. 꼭 이렇게만 담기는 오늘이 속상하다. 오늘은 쌓이고, 다시 오늘이 쌓인다. 오늘을 반대로 잇다 보면 결국 넘어서고 싶었던 그날들이다. 좀처럼 나아가고 있는지 모르겠다.

## 상처를 준 사람을
## 아직 사랑하는 걸까

—

왜 꼭 그렇게까지 해야 하는 건지 이해를 못하겠다. 무엇이 마음을 괴롭히길래, 행동에 또 다른 상처를 더하면서까지 스스로를 보호하는 것인지 모르겠다. 네 상처는 왜 네 눈에는 보이지 않을까. 꼭꼭 품고 있기 때문일까. 혹시 그 상처를 준 사람을 아직 사랑하기 때문일까. 그렇다면 나는 그 사람들이 미워진다.

# 고독하다

답은 정해져 있다. 답이 없었다면, 운명이라는 것이 지금보다 더 자주 일어났어야 했다. 답은 있다. 그러나 우리는 그 답을 모른다. 그래서 고독한 것이다.

# 꿈에 오지 않았으면 좋겠어

—

꿈을 꿨어. 한 사람이 찾아왔고, 말을 걸었지. 술을 마시고, 우리는 울기 시작했어. 그리고 손을 잡았어. 그 밤들은 행복했어. 내가 다시 웃고 있었거든. 거울을 보지 않아도 알 수 있었어. 창밖을 내다보지 않아도 알 수 있었어. 깜깜했던 새벽이 걷히고 있었어. 아주 길고 서럽던 그 밤 말이야. 아침에 눈을 떴을 때, 너는 울고 있었지. 내 품에 안겨 울고 있었어. 너는 무서운 꿈을 꿨다고 했고, 천천히 눈을 떴어. 나는 꿈이라는 걸 알고 울었어. 세상에 네가 있기는 한 걸까. 꿈에 오지 않았으면 좋겠어.

## 마음이 겹치는 순간은 혼란스럽습니다

—

겨울에 맞닿은 가을이 어찌 가을이기만 하겠습니까. 사랑에 맞닿은 이별이 어찌 이별이기만 했겠습니까. 이별에 맞닿은 사랑이 어찌 사랑이기만 하겠습니까. 그게 무엇이든 두 마음이 겹치는 순간은 혼란스럽습니다. 감정도 생각을 따라 맺고 끊음이 명확했으면 좋겠습니다.

# 서글퍼진다

그런 날들에 내가 얼마나 행복했는지, 우리는 한 번도 입을 맞춘 적이 없는가. 한 번도 기억을 맞춰본 일이 없는가. 이것은 한참을 지나서야 서글퍼지는 날이 아니겠는가.

빗소리가 유리창에 떨어진다. 닿지 못한다. 한 뼘 눈앞에 떨어진다. 가을비가 낙엽처럼 떨어진다. 시월, 가을이 죽는다.

부서질 것 같은 마음을 다잡은 건지, 이미 부서진 마음의 조각을 다시 맞춘 건지. 어떤 마음은 끝에서부터 시작한다. 이 마음의 시작을 모르겠다.

# 미안했다

—

시계는 PM 9:27. 억지 웃음과 차갑게 달군 의연함을 남기고서는 시동을 켰다. 들인 시간은 고작 이십 분. 준비한 대로 웃으며 괜찮은 척을 했다. 계속해서 내가 하고 싶은 말만 해댔다. 그리고 집에 오는 내내 울었다. 마지막 순간에까지 네 말을 한 번 제대로 들어주지 못하여, 미안했다.

## 그 멀리까지 갈 힘이 없다

—

바다에 갈까. 산에 갈까. 여행을 갈까. 며칠을 고민하다가 가장 가까운 바닥에 마음을 내려놓았다. 생각해 보건대 나는 그 멀리까지 갈 힘이 없다.

## 다시 살아갈 힘을 줘서 고마워

삶이 필요 없어질 때가 있어. 그때 필요한 기억을 만들어. 그러면 삶이 다시 필요해질 거야. "다시 살아갈 힘을 줘서 고마워." 너는 내가 살아갈 힘을 줬다고 했다. 그러나 나는 그 말이 힘이 되지 않았다. 나를 떠날 채비가 끝난 듯하여 오히려 겁이 났다.

# 차라리 그날 헤어질 걸 그랬어

그날의 밤에 나는, 그날의 새벽에 나는, 그날의 아침에 나는 계속해서 소원을 빌었어. 조금만 시간을 달라고 그렇게 말을 걸었어. 대답은 그저 눈물이었고, 목소리는 들리지 않았어. 한참을 지나 말했지. "시월까지만이야." 그 말을 듣는 순간 눈물이 흘렀어. 너를 끌어안고 네 어깨에 기대어 울음을 삼켰어. 난 그때 행복했어야 했는데, 내가 느낀 감정은 행복이 아니라 슬픔이었어. 네가 나 때문에 며칠을 더 슬퍼하겠구나 싶었거든. 차라리 그날 헤어질 걸 그랬어. 그랬다면 감정이 여기까지 오지는 않았을 텐데 말이야.

## 나는 정신이 없다

밤은 깊고, 새벽은 열렸다. 새벽은 닫혔고, 나는 갇혔다. 그리움도 외로움도 슬픔도 한데 뒤엉킨다. 아픈 마음을 생각으로 덮는다. 덮이지 않는다. 그 위로 다시 마음을 얹는다. 생각 위로 마음이 얹힌다. 무거워진다. 새벽이 가라앉는다. 나는 정신이 없다.

# 이별과 그 이별에 엉킨 마음들

—

마음에 걸린다. 뱉어 내지도 못하고, 그렇다고 완전히 삼켜지지도 않는다. 나는 마음에 무언가 걸려있다는 찝찝함을 갖고 살아야 한다. 이별과 그 이별에 엉킨 마음들, 그리고 하찮은 그리움 따위. 썩지도 않는 가시 하나가 박혀서는 늘 신경 쓰일 것이다. 벌써부터 남은 삶이 퍽퍽해진다.

## 간직하고 있던
## 마음을 떼어 놓는다

—

사랑이 쉽게 변하지 않는다는 것은, 사랑이 사람에게서 다른 사람으로 쉽게 옮겨가지 못한다는 것은, 나한테만 해당되는 일이 아니라는 것을 너로부터 알게 됐다. 도저히 잡을 수가 없었다. 내가 나를 떼어놓는 듯한 느낌이 들어 움직일 수가 없었다. 그간 내가 간직하고 살던 마음들을 이렇게 간단하게 부정하고 싶지가 않았다. 너에게서 떨어져야겠다는 생각이 들었다.

## 다행이야

—

가만히 있으면 그 생각밖에 안 나. 그래도 늘 그 생각만 해. 너를 생각하고 싶어서, 그 생각에 네가 있으니까. 그렇게라도 네가 보고 싶어서 그랬나 봐. 그래도 요즘은 마음이 덜 힘들어. 다행이야.

천장이 내려앉는다. 점점 내려앉는다. 어쩔 수 없이 덮고 잔다. 밤새 잠에서 깬다. 방안에 나비 한 마리가 날아다닌다.

## 서로에게 참을 수 없는 상처였을 것이다

—

나는 너를 행복하게 해줄 수 있다. 그러나 그게 너를 슬프게 할지도 모른다. 무엇으로도 상쇄할 수 없는 기억을 갖고 산다는 것은 어느 감정으로부터는 자유로울 수 없다는 뜻이기도 하다. 그런 연유로 우리는 서로의 기억이 서로에게 참을 수 없는 상처였을 것이다.

마음에는 마음만 담아. 생각에는 마음도 담고.

그게 진심이야.

## 그날 밤에 흘린 눈물은 참으로 쓸모없었다

어느 장면에서건 똑같은 사람이 생각날 때, 그리움은 턱 끝까지 차오르고 좁아진 여유를 찾기 위해 가장 쓸모없는 눈물을 밖으로 뱉어낸다. 그렇기에 그날 밤에 흘린 눈물들은 참으로 쓸모없었다.

## 이대로 두면
## 우리는 계속 멀어지는 거야

눈을 감으면 좁혀지고 눈을 뜨면 간격이 생긴다. 시선을 함부로 둘 수 없다. 또 하루가 지나가면 또 하루가 멀어지겠지. 이대로 두면 우리는 계속 멀어지는 거야.

## 다시 한번의 기회가 생긴다면

—

내가 지금보다 조금 더 어렸을 때에, 누구도 내 젊음에 대해 의심하지 못했을 때에, 무언가를 다시 할 한 번의 기회가 생긴다면, 그때 다시 너와 사랑해 보고 싶다.

꽃이 핀 자리에 어찌 다른 것이 자랄까. 그 꽃이 다시 필 테지. 그 꽃은 어데 다시 피었을까.

## 그날에 나는 무엇이었길래
## 사는 것을 잠시 놓았을까요

—

그날에 나는 얼마나 슬펐길래 아무것도 기록하지 않았을까요. 아무것도 기록하지 않은 날에 나는 얼마나 슬펐을까요. 글자 한 자, 사진 한 장 없는 것이 왜 이렇게 서러울까요. 그날에 나는 도대체 무엇이었길래. 사는 것을 잠시 놓았을까요.

## 마음이 입에 닿지 않는다

마지막으로 무슨 말을 남길까. 마음에 없는 말을 해야 할까. 순간을 피하려 마음이 깊어진다. 마음이 입에 닿지 않는다.

## 그런 사람이 있다

—

찾아가면 안 되는 사람. 연락하면 안 되는 사람. 그리움조차 미안한 사람. 보고 싶은 한 사람. 그런 사람이 있다. 소중한 사람 한 명 품고 산다.

## 이별 앞에서 나는 서러워진다

—

밤이 넘어 간다. 새벽이 넘어 온다. 감았다. 다시 떴다. 족히 백 번은 그랬을 것이다. 내 삶에는 떠나기만 하고 오지 않는 것들이 많다. 요즘은 유독 잠이 그렇다. 잠들지 못한다. 잠들지 못한 밤에도 나는 잠에서 깬다. 때문에 지난 밤의 꿈은 아마도 기억일 것이다. 잊히지 않는 기억이다. 그 기억은 꿈에서도 잊히지 않으니 나는 매일 이별한다. 이별 앞에서 나는 또 괜스레 서러워진다.

이별은 슬프다. 그러나 더 슬픈 것은 이별하지 도 못하는 것이다.

## 어젯밤에 나는 너를 잊고 싶었나

—

느껴지는 것을 어떻게 합니까. 생각이 나는 것을 어떻게 합니까. 기억이 그대로인 걸 어떻게 합니까. 이조차 내 잘못이라고 한다면, 나는 살 길이 없습니다.

오늘은 일찍이 술에 취해 자리에 누웠다. 어제 밤에 나는, 너를 잊고 싶었던 거 같다.

## 내가 그렇게
## 매일을 무너졌다는 것을
## 믿을 수는 있을까요

—

당신은 내 생각으로 인해 한 번도 무너져 본 일이 없나요. 내가 그렇게 매일을 무너졌다는 것을 믿을 수는 있을까요.

구름이 가득 찼다. 오늘 밤에는 달도 별도 하늘도 없다. 새벽이 좁고 새카맣다. 여러 감정이 섞여 조각이 나겠다. 없던 상처가 새로 생기겠다.

기억은 가라앉고 감정은 떠오른다. 색깔이 많았던 낮일 수록 새벽은 단조롭다. 눈이 먼 것인지, 색을 구분할 수 없게 된 것인지, 새벽의 색깔은 오히려 새카맣게 차분하다. 날이 갈수록 겸허해진다.

## 그저 나만 아는 외침이었다

—

이 슬픔을 잠깐이라도 떠맡아줄 사람이 있을까. 있다면 마음이 편해질까. 있다고 하여 내가 그 슬픔을 건넬 수는 있을까. 괜찮아지고 싶다는 생각이 드는 날이면 이렇듯 질문이 끊임 없이 쏟아졌다. 답해줄 사람은 없다. 내가 뱉고 내가 다시 끌어 안는 그저 나만 아는 외침이었다.

축축하다. 언제 흘린 눈물이 아직 마음에 남아서는

계속 축축하다. 비가 내린 것도 아닌데 마음은 습하다. 어떤 감정을 담을까 고민스럽다.

가끔은 아무것도 생각나지 않고, 마음만 그대로
였으면 좋겠다.

그 기억들이 어째서 추억입니까. 슬프고 아픈 것들밖에 없는데요. 그래도 나는 좋았네요.

2장

—

# 이제 괜찮아져도
# 되는 것은 아닐까

## 또 한 번의 사랑이 끝났다

—

또 한 번의 사랑이 끝났다. 짧은 사랑, 짧은 이별, 그로부터 비롯된 감정들. 서른이 한참 넘은 나이. 되돌릴 수 없는 무언가를 몇 번은 결정하고도 남았을 세월. 사는 것이 애써 권태롭다.

## 사는 데
## 이 슬픔이 꼭 필요했다고
## 생각하기로 했다

—

그로부터 두 달이 지났다. 멈추었던 글을 쓰기 시작했다. 슬픈 글은 다시는 쓰기 싫었는데, 대부분의 글이 슬픈 글이 되겠다. 사는 데 나는 이 슬픔이 꼭 필요했다고 생각하기로 했다.

# 꼭 헤어져야만 했을까

—

왜 그렇게까지 슬퍼해야 했는지 모르겠어. 왜 이렇게까지 그리워해야 하는지도 모르겠어. 상처를 갖고 그저 사랑했을 뿐인데, 앞으로 다시 걷고 있었을 뿐인데, 손을 내밀고 그 손을 잡았을 뿐인데, 왜 이렇게 결국 끝이 나는지 모르겠어. 내가 얼마나 힘들게 마음을 준 건지, 네가 아는지 모르겠어. 알았다면, 그러지 말지 그랬어. 왜 그랬어.

## 당신은 꽃이었으나
## 나는 봄이 아니었구나

—

다시 행복. 슬픔이 끝나던 계절의 우리. 여름, 그리고 다시 가을. 그 기록을 풀어내는 지금은 변한 것 하나 없는 여느 겨울. 계절의 흐름에 내가 놓인 것인지. 내 삶에 계절이 스쳐 지나가는 중인지. 기억 속에서만 꽃을 피우고 지는 그런 봄. 당신은 꽃이었으나 나는 봄이 아니었구나. 그 꽃은 앞으로는 다른 곳에 피겠구나. 기껏 한 사랑이 서러워진다.

## 우리가 우리였을 때만
## 가질 수 있는 그런 밤이었다

—

깊은 밤이 아니고서도 나는 너를 떠올리며 울었다. 이른 새벽이었다. 그저 조금 먼저 세상에 내려앉은 새벽이었다. 어느 날엔가 우리가 음악을 잔뜩 틀어 놓고, 힘껏 노래를 흥얼거리며, 술잔에 행복을 넘칠 듯 채워 마시던 그런 새벽이었다. 우리가 우리였을 때만 가질 수 있는 그런 밤이었다.

## 한 번 불러볼 것을 그랬다

입에 많이 담아둘 것을 그랬다. 한 번 부르지 못하게 될 것이었다면, 마지막에라도 불러볼 것을 그랬다. 마음에 빼곡히 자리 잡은 것이 두 뼘 입 밖에 내기가 참 힘겹다. 꺼내면 사라져 버릴 것처럼 불안한 마음이 들어 한 번 불러보지도 못했다.

관계의 끝에서 이렇다 할 마음을 남기는 것이 아니었다. 그때 그 감정의 착오 때문에 오래 힘들었다. 앞으로는 아쉬움도 원망도 무엇 하나 남기고 싶지 않다.

## 나는 그 뜨거움을 한 번도 식히지 못했다

울적한 날에는 꽃을 봐도 슬프다. 아름다운 것을 보면 더 아름다웠던 때를 떠올린다. 끝에 이르러서는 너를 볼 때 그랬던 거 같다. 슬픔이 혈관을 타고 퍼지는 것이 느껴졌다. 필요한 온도를 넘어서는 뜨거움이다. 타오를 듯한 감정들이 격정적으로 순간순간에 신호를 줬다. 잊히지 않을 순간에는 늘 그랬다. 필요 이상으로 마음이 뜨거웠다. 그리고 나는 그 뜨거움을 한 번도 식히지 못했던 것 같다.

## 감정의 기록

—

아무것도 안 했다. 아무것도 못 했다. 종일 가만히 있었다. 그랬더니 눈물만 났다. 그리고 나중에서야 그 감정을 기록했다.

'보고 싶다' 네 글자만 쓰여 있었다.

## 돌아오지 않는다

—

밤새 생각했고, 종일 잊었다. 버린 것 없이 줍기만 했다. 손에 쥐어지지도 않는 것을 두고 오래 그랬다. 오늘은 내내 벗겨낸다. 입을 벌린다. 모두 버리자. 다신 줍지 말자. 그냥 지나치자. 잊자. 나조차 듣지 못할 만큼 작은 소리로 내뱉는다. 돌아오지 않는다.

# 슬픔이 몰려온다

—

순간의 표정, 한마디의 말, 한 사람의 존재. 커다란 슬픔 하나가 그친 건 그때부터였다. 그땐 몰랐다. 오래된 감정들은 그친 것이 아니라, 그저 잠시 멈췄던 것이라는 것을 결코 알지 못했다. 구름을 한껏 머금은 회색빛 하늘, 나는 다시 또 슬프기 시작한다. 내가 괜찮아질 수 있을까.

## 슬픔도 상처도
## 모두 자신의 것이라는 것을

—

'행복해도 된다. 그만 슬퍼해라.'

내가 뭐라고 그 사람의 상처를, 그 사람의 슬픔을 어떻게 해보려고 했을까. 당신이 뭐라고 내 상처를 내 슬픔을 단정 지었을까. 간과했다. 슬픔도 상처도 모두 그 사람의 것이라는 것을, 전부 자신의 것이라는 것을 우리는 간과했다. 곁에 누가 있더라도 각자의 감정은 결국 자신이 책임져야 하는 것이었다.

## 시련은 늘 순간이
## 지나고 나서야 온다

—

무너지고 나서야 나는 일어설 생각을 한다. 괜찮아지고 나서야 나는 아팠구나 한다. 한여름 밤 그 따스한 바람에 묻은 것이 도대체 무엇이었길래, 이토록 한참을 지내고 나서야 마음에 퍼지는 걸까. 내가 느낀 감정은 무엇이었을까. 그 여름밤은 무엇이었을까. 다시 한번 생각을 다잡는다. 시련은 늘 순간이 지나고 나서야 온다.

## 아무것도 믿지 말 것을 그랬다

—

곧 헤어질 것 같은 얼굴을 하고서는 사랑한다고 말을 한다. 표정을 믿을까, 그 말을 믿을까, 망설여진다. 무슨 생각이었을까. 무슨 마음이었을까. 열흘이 지나고 나서야 나는 처음으로 되짚는다. 강물은 한 번 흘러갔다 한들 내가 머물러 있다면 언젠가 다시 돌아온다. 그러나 그때 내가 그 강물을 바라보고 있을지는 모르는 일이다. 답이 정해진 실패는 결코 감정이 오래 남지 않는다. 늘 애매한 것이 문제다. 어떤 순간에는 아주 극단적인 것이 필요하다. 전부 믿을 것이 아니었다면, 아무것도 믿지 말 것을 그랬다.

## 내가 사랑하는 사람은 더는 나를 사랑하지 않는다

—

천천히 퍼져 들어오던 것이 순식간에 쏟아져 들어온다. 몰랐던 것을 알게 될 때 세상은 크게 바뀌며, 바뀐 세상에서 나는 한 없이 나약하다. 내가 사랑하는 사람은 더는 나를 사랑하지 않는다. 이보다 더 슬픈 일은 없다. 그러나 행복에 끝을 정해 놓지 않듯이, 슬픔에도 끝이 없다. 이미 아는 슬픔에 비슷한 슬픔이 쌓여 더 큰 슬픔이 된다. 한때는 절정이라는 단어를 좋아했는데, 지금은 그 단어를 쓰지 않는다. 절정에 이르렀던 그때 그 슬픔. 그보다 더 큰 슬픔이 있다. 아직도 갈 길이 멀다는 것을 알고 있다.

익숙한 감정들이 한참을 몰려왔는데, 어쩐지 불편하고 어색하고 낯설었다. 그 이유를 이제야 조금 알겠다. 이별해야 할 관계였던 것이다.

## 준비한 이별

마음에 퍼져가는 감정의 무게만으로도 마지막이라는 것을 느낄 수 있었다. 어쩌면 기다리고 있었는지도 모르겠다. 너는 한동안 내게 보여준 적 없던 웃음을 보여주었고, 그제서야 나는 끝이구나 싶었다. 눈을 마주치면 울 것만 같았다. 마지막 표정은 웃음이고 싶었다. 태연한 척했다. 나는 표현의 간격이 큰 사람이다. 중간은 없다. 나를 전부 주거나, 하나도 주지 않거나. 서늘했을 것이다. 네가 나를 처음 봤을 때처럼 그랬을 것이다. 그 장면 하나 때문에 며칠을 미안했다. 그러나 너는 몰랐을 것이다. 그날 내가 그 자리에 다시 돌아와 너를 마지막까지 보고 갔다는 것을 몰랐을 것이다.

## 여백을 줄이고 싶다

—

이별은 공공연한 사실이었고, 나는 이 현실을 누구보다 잘 이해하고 있다. 그리고 내가 어떤 모습으로 남은 시간을 보낼지도 잘 알고 있다. 나를 조금 아는 사람이라면, 이런 내 모습이 어쩌면 당연하게 보일지도 모르겠다. 감추고 싶지는 않다. 그래서 지금의 나는 당연한 일을 하는 것이다. 감정의 표현. 이렇게밖에 설명할 길이 없다. 이별이 아닐지도 모른다는 마음으로 애써 잇는다. 하늘의 별을 모두 잇다 보면 그게 곧 하늘이 되지는 않을까. 삶의 여백을 줄이고 싶다. 일어나지 않을 일들, 도저히 감당할 수 없는 감정을 가진 채, 이별이 아닐지도 모른다는 생각으로 애써 잇는다. 캄캄한 하늘에 별이 온갖 기억을 이어 붙인다. 반짝인다.

## 마지막 기억을 만든다

끝이라는 것을 알면서도 걷고 싶었다. 조금이라도 더 시간을 내어 마음과 기억에 너를 남기고 싶었다. 잊어야 한다는 것을 알면서도 나는 잊히지 않을 순간을 애써 새기고 있었다. 그리고 지금 쓰는 대부분의 것들이 그때 새긴 것이다. 온 마음을 다했던 애씀이 이처럼 필요 없이 쓰인다. 기억에 새겨진 것들이 모두 지금을 위한 것이었는데, 그 기억들이 이토록 나를 슬프게 만드는 것은 참으로 서글픈 일이다.

가려는 표정. 줄어드는 숨소리. 점점 크게 들려오는 적막함. 마음이 터질 거 같다.

## 차라리 몰랐으면 좋았을 것을

네가 왜 나를 떠났는지 알게 됐다. 차라리 끝까지 몰랐으면 괜찮았을지도 모르겠다. 몰랐으면 그저 슬픔에 그쳤을 것을 애써 상처를 꿰맨다. 사실은 점점 선명해진다. 사실로부터의 새로운 감정들. 사실은 이미 다 알고 있었으면서도 나는 가슴 아프다.

## 이별이 무섭다

하나의 삶에 또 다른 삶 하나를 더하는 것이었다. 사랑은 참 어려우면서도 예민한 것이다. 현실, 관계, 지나온 것들과 지우지 못한 것들. 지우개로 너에 대해 쓴 감정들을 지우다 종이에 실로 구멍이 났다. 구멍이 난 것은 한낱 종이였을 뿐인데, 마음이 다 찢어진다. 나는 그 사랑에 지쳐 병들어 버렸다. 구태여 남긴 외로움인들 한 번도 이별보다 아팠던 적은 없다. 다시 볼 수 없는 무언가가 생기는 것. 나는 이별이 무섭다.

추억이요? 그 기억들이 어째서 추억입니까. 슬프고 아픈 것들밖에 없는데요.

## 느끼고 싶지 않은 감정이 있다

며칠이나 되었다고, 몇 번이나 느낀 행복이라고 이토록 처절할까. 얼마 쌓이지도 않은 슬픔이 턱 끝까지 차올라 온몸을 무겁게 옥죄인다. 숨이 막힌다. 그렇다고 숨이 쉬어지지 않는 것은 아니다. 한 번 숨을 놓을 때마다 가슴이 조금씩 긁힐 뿐이다. 두 번 다시 느끼고 싶지 않았던 감정이다. 세상에 끝이 있다면 세상 밖으로 도망치고 싶다.

# 마음이 다 부서진다

—

몇 달을 나는 꽤 잘 견뎠고, 큰 탈 없이 하루에 하루를 채워가고 있었다. 날이 쌓여가는 것이 마음에 도움이 되지 않는다는 것을 알면서도 쌓는 것은 이것은 선택사항이 아니기 때문이다. 그리고 오늘은 원치 않은 소식이 날아들었다. 심장이 바닥에 닿은 것인지, 정신이 하늘로 솟은 것인지. 큰 마찰음을 냈다. 괜찮을 줄 알았는데, 딱딱하게 굳은 마음이 다 부서진다.

## 내 뜻대로 되지 않는다

—

시선이 닿지 않는다. 바라보는 것이 맺히지 않는다. 보고 있는 것이 담기지 않는다. 가서는 돌아오지 않는다. 생각도 마음도 어느 하나 내 뜻대로 되지 않는다. 이번에는 버티기 힘들지도 모르겠다.

## 더는 애쓰고 싶지 않은 마음

—

애써 쓸고 닦지는 않을 거야. 털어내지도 않을 거야. 그저 내 삶의 어딘가에 항상 묻어 있어줬으면 좋겠어. 나는 이제 내가 걸어온 길을 무시하며 사는 게 싫어. 추억에 미움을 담아 기억으로 바꾸어 잊는 것도 싫어. 보기 좋게 정리하는 게 싫어. 좋았든 슬펐든 무엇이건 있던 곳에 그냥 놓아둘 거야. 그 기억은 그 감정은 그 자리가 원래 자리일 테니까. 억지를 부리지는 않을 거야. 더는 애쓰고 싶지 않은 마음이야.

지워서 지워지면 잊히는 것이고, 지워지지 않으면 기억하고 사는 것이지.

## 걱정이 된다

—

네 주변에는 사람이 많아서 다행스럽기도, 걱정이 되기도 한다. 네 곁에는 사람이 없어서 다행이기도 걱정이 되기도 한다. 덜 외롭겠지만, 더 쓸쓸할 것이기에 걱정이 된다. 오 년 전에 내가 그랬듯이 너도 그럴 것이기에 계속 걱정이 된다.

## 그 사람은 슬퍼 보였다

—

처음 눈길이 갔던 건 그 사람의 모습에 담겨 보이는 슬픔이었다. 그게 내 시선에 들어온 이유는 모르겠지만, 슬퍼 보였다. 저 사람은 왜 저렇게 세상을 다 잃은 듯한 모습을 하고서는 걸어올까. 관심은 아니었지만, 궁금했다. 그땐 몰랐다. 늘 왜 그렇게 지친 모습으로 내게 왔는지. 네 삶에 들어가고 나서야 알았다. 너의 그 고단한 삶에 대하여. 그게 내가 너를 끝에서도 원망하지 못한 이유였다.

우리는 왜 만났을까요. 우리는 왜 사귀었을까요. 우리는 왜 헤어졌을까요. 우리는 서로에게 무엇이었을까요. 당신은 혹시 하나라도 답을 내었나요.

## 나는 넉넉하게
## 가진 것이 새벽뿐이라

—

여름이었던 것이 가을이 되었다. 두 달이었지만, 두 계절이었다. 진심을 다했다면 들인 시간이 뭐 그리 중요할까. 미리 그려 놓은 계절에 혼자 놓이는 것이 그저 겁이 날 뿐이다. 계절을 입어 색색이 아름다울 것 같았던 그림이 끝내 새카맣게 칠해진다. 색을 하나씩 빼앗긴다. 이대로 모두 빼앗겨 백지가 되면 좋겠다만, 이별할 때는 언제나 깜깜한 색으로 덮인다. 짙은 추억일 수록 더 새카만 색으로 덮인다. 나는 넉넉하게 가진 것이 새벽뿐이라, 새벽으로 먹을 놓는다. 색이 사라진다.

## 공허란 세상의 모든 것에 감정과 생각이 닿는 것이다

—

닷새째 잠을 못 잤다. 마침내 입술이 다 터졌다. 매일 우유 한 잔 마시는 게 전부인데 배도 고프지 않다. 이대로 공허에 이르기까지 얼마나 고된 시간을 보내야 하는지 알고 있다. 마음과 머리는 이내 감정과 기억을 나눠 섞는다. 마음의 부피는 무한하다지만, 머리는 밀도가 커져 터져버릴 것 같다. 그리고 밀도가 터져 부피가 끝내 무한하게 되면, 공허가 된다. 공허란 반대로 생각하면, 세상의 모든 것에 감정과 생각이 닿는 것이다.

## 세상이 세상에 없는 듯했다

—

밤이면 몸도 마음도 기억도 사방에 가득 차 시간을 휘감았다. 밤에는 사경을 헤맸고, 낮에는 한 곳에 매여 꼼짝없이 멀어지는 것을 지켜만 봤다. 할 수 있는 것이 없었다. 공허라는 단어 그대로 공허했다. 공기조차, 소리조차 움직이지 않았다. 세상이 세상에 없는 듯했다.

## 결핍된 것은 위태롭다

—

시간은 멈췄고, 시계는 움직인다. 마음은 멈췄고, 생각은 움직인다. 모두 다른 것이지만 모두 같은 형식의 사고가 이뤄진다. 이럴 땐 누군가 곁에 있어 주는 것만으로도 힘이 될 텐데, 나는 그런 사람이 없기에 기억으로부터 매번 위태롭다. 마음이라는 것 필요 없이, 술 한 잔 할 사람이 있었으면 좋겠다. 그러나 생각해 보니 그게 너와 나의 시작이었던 것 같다.

## 무작정 상처받는다

—

잘라내기 시작한다. 거리를 두기 시작한다. 나로부터 멀어진다. 있다 없어진다. 꼭, 그렇게까지 해야 했을까. 내가 어찌 지낼지 제일 잘 아는 사람이 꼭 그렇게 해야 했을까. 그래야만 하는 이유가 있었겠지 넘겨 짚으면서도, 네가 깊은 생각 끝에 준 상처에 무작정 나는 상처받는다. 나를 위한 행동이라는 것을 알면서도 나는 오랫동안 그 모습이 섭섭했다.

## 너의 그리움에
## 나는 상대가 되지 않았을 것이다

그 사람은, 그 소중한 사람은 살며 처음으로 내가 욕심부린 것이었다. 비교할 생각도, 비교가 되지도 않았다. 한 번도 빗대어 본 일도 없다. 그런 마음 자체가 생기지 않았다. 그리움과 맞서는 것은 애초에 의미가 없는 것이었다. 그걸 알면서도 다 지나고 나서야 너도 나와 같았을 것이라는 생각에 닿게 된다. 너의 그리움에 나는 상대가 되지 않았을 것이다. 지금의 결과는 어쩌면 당연한 일이었을 것이다.

## 힘내라는 말,
## 참 듣기 싫은 말이다

—

그리움이야 내가 어쩔 수 없는 것이고, 잊는 것도 내가 어쩔 수 없는 것이다. 방법이 없다. 당연스럽게 사람 한 명 잊는 게 너무 힘이 든다. 잊히지 않는 것을 잊으려 할수록 그리움은 커져만 간다. 이 과정에서 그동안에 없던 후회가 생기고 늘어나는 것은 부작용이다. 나는 늘 너무 열심히 사랑을 한다. 그래서 이별에 쓸 힘이 없다. 나는 가진 힘이 없다. 힘내라는 말, 참 듣기 싫은 말이다.

## 변하지 않는 마음에 고생한다

—

때맞춰 낙엽이 떨어지기 시작했다. 낙엽이 떨어지면 곧이어 가을비가 내린다는 것을 알고 있다. 아직 겪지도 못한 가을이 지난가을에 의해 슬프게 만들어진다. 그러나 달라지는 것은 없다. 그저 한발 빠르게 다가올 미래를 알았을 뿐. 그런데도 마음은 왜 이렇게 굳건한 걸까. 무너질 때도 됐는데, 깨질 때도 됐는데, 녹아내릴 때도 됐는데, 이 마음은 왜 이렇게 단단한 걸까. 무얼 얼마나 사랑했길래.

그때 그 계절에 무엇을 했냐고 묻는다면 나는 연애를 한 것이 아니라, 이별을 했다고 할 것이다.

# 강한 것이 아니라 버틴 것이다

—

어떻게 나한테 너는, 시간이 지나면 괜찮아질 거란 말을 했을까. 내가 지나온 그 시간을 잘 알면서도 그런 위로의 말을 했을까. 그 위로는 나를 향한 위로가 아니라 스스로를 위한 위로였을까. 나는 강한 사람이 아니라, 반드시 견뎌야만 하는 이유가 있었을 뿐이었다. 온 힘을 다해 버티고 있던 것 뿐이었다. 그 한 마디 위로의 말이 내게 가장 큰 상처를 남겼다. 강하다는 말, 내게는 필요 없는 말이었다.

## 세상에 좋은 이별은 없어

잊으라 말한다. 괜찮아질 것이라고 말한다. 헛웃음만 나온다. 내가 너를 완전히 잊으려면 너로부터 알게 된 것들을 모두 그만둬야 하는데, 어찌 괜찮아질까. 말이 안 되는 위로였다. 차라리 뺨을 한 대 맞는 게 나았을 것이다. 다들 좋은 이별만 준비한다. 세상에 좋은 이별이 어디 있다고, 슬프지 않은 이별이 어디 있다고 좋은 사람으로 남고 싶은 걸까. 캄캄한 곳으로 다시 들어가지 말라는 말을 뒤로하고 나는 점점 캄캄해진다. 순식간이 아닌 것은 내 노력이나, 이건 내 선택이 아니니 캄캄해지는 것은 어쩔 수 없는 일이다.

## 나에게 하는 말이 아니라는 것을 알면서도 울었다

너의 페이지에 짧게 적힌 말들. 나에게 하는 말이 아니라는 것을 알면서도 울었다. 나를 위한 말이 아니라는 것을 알면서도 몇 번을 읽었다. 종일 생각이 떠나지를 않았다. 내가 아니라는 것을 알면서도 나는 왜 계속 눈물이 날까. 그 시간들이 서러웠을까. 그때 그 감정이 무엇이었는지 아직도 잘 모르겠다.

## 사랑은 믿음이다

—

이해가 되어서 이해했던 게 아니다. 네가 그렇다고 하니, 그래도 되는 것이었다. 사랑이란 그런 것이다. 이해하는 것이 아니라, 당연한 것이 믿음이 되는 것이다. 하여 내가 행복해할수록 너는 미안했을 것이다. 혹여 진심이 아니었다면 더욱 그랬을 것이다. 견디기 어려웠을 것이다.

## 너에게 하고 싶은 말

—

그리워지거든 언제든지 연락해라. 갈 것이다. 그때 네 모습이 어떠하여도 상관없다. 그 마음이 힘들어도 갈 것이다. 너의 염려와 달리 나는 네가 고되었던 적이 한 번 없으니, 마음 편히 와라. 기다리지 않는 것으로 계속 기다릴 것이다. 이번에는 기한을 두지도 않을 것이다. 가지고 있는 것 그대로 해줄 수 있는 말이 이런 것 뿐이라, 너에게 힘이 될는지 모르겠다. 그래도 언제나 기다려주는 사람이 있다는 것은 위안이 되지는 않을까. 너는 네가 머무를 곳을 찾는 듯했으니, 내 존재가 마음 한 구석에 쉬어갈 터가 되었으면 좋겠다.

# 한참을 멈춰 있었다

참 마주하기 싫은 순간이었다. 이별이 다가왔고, 그 앞에서 우리는 잠시 멈춰 섰다. 너는 그 선을 넘는다. 그 모습을 보면서도 나는 그어진 선을 밟고 한참을 멈춰 있었다. 네가 사라질 때까지 한참을 멈춰 있었다. 보고 있으면서도 아무것도 보이지 않았다. 그 순간에 나는 무슨 생각을 했을까. 기억이 나질 않는다.

이제 아무 생각도 안 들어. 방안에 얼굴만 둥둥 떠다니지. 마음이 멈춘 건가 싶어.

## 삶을 이어가는데
## 꼭 필요한 이별이었다

—

어머니는 내 기분이 표정에 다 드러난다고 하셨다. 이것은 나라는 인간은 생각은 감추어도 감정을 감추는 사람은 아니기 때문에 어쩌면 당연한 것이다. 너도 그랬다. 너의 생각은 알아보기 어려웠으나, 기분은 안밖으로 잘 보였다. 내내 힘들어 보였다. 아무리 많은 행복을 줘도, 내가 건드릴 수 없는 커다란 불행을 갖고 산다면, 내가 너를 안아주는 것이 의미가 없었다. 너의 삶을 이어가는데 꼭 필요한 이별이었다. 그래서 해주고 싶었다. 그 마음 아픈 이별을 해주고 싶었다. 다가올 내 상처는 중요하지 않았다. 나는 받는 것보다 주는 게 더 행복한 사람이었고, 이별은 내가 주는 마지막 선물이었다.

## 외면, 그게 됩니까

—

조금 괜찮아지나 싶었는데, 오늘은 한 번에 다 무너져 버렸다. 아무런 생각도 들지 않는다. 생각이 사라지면 감정이 그 자리를 대신하고, 끝내 넘치기 시작한다. 몰려오는 감정을 막을 방법은 알지 못한다. 절박하다. 손끝이 저리다. 몸 끝 어느 곳도 움직이지 않는다. 감정기관이 제어되지 않는다. 온몸의 세포가 쑤셔 온다. 나는 아무것도 반응할 수 없다. 밤이 오기 전에 마음을 일으킬 수 있기만을 바란다. 그저 오늘은, 오늘은 너무 보고 싶다.

## 내 행복을 바라지 않았으면 좋겠어

—

내가 다시 누군가를 좋아할 수 있을까. 그럴 수 없을 거 같아. 애써 잘 버티면서 지냈는데, 이제 그러지 못하게 됐어. 미안해, 무너질게. 너도 더는 내 행복을 바라지 않았으면 좋겠어. 행복하게 살라는 말, 그 한마디 말이 그동안 그렇게 많이 무거웠거든.

## 어지럽고, 혼란스럽다

—

마음이 어제에서 오늘로, 오늘에서 다시 그날로 끊임없이 왔다 갔다 한다. 멈춰야 할 곳을 모르는 것처럼, 멈춰야 할 때를 모르는 것처럼. 이 마음을 어느 기억에 두어야 하는지 모르는 것처럼. 기억은 어지럽고, 마음은 혼란스럽다.

# 한참을 망가진다

—

망가뜨리기 싫은 마음이 계속 망가진다. 속절없다. 나는 망가뜨리고 있고, 너는 망가지고 있다. 소중한 마음이 계속 망가진다. 소중했던 사람이 계속 망가진다. 내 마음 안에서, 내 기억 안에서, 전부였던 세상 안에서 망가진다. 그렇게 나도 너의 세상 안에서 한참을 망가졌을 것이다.

## 소망

감당할 수 있는 상처만 안고 살아줬으면 좋겠다. 너에게 빈다.

## 그럴 수밖에 없는 마음

—

잘 참고 있는데 자꾸 마음 아프게 한다. 그러는 이유가 있겠지. 그럴 수밖에 없는 마음이 있겠지. 이유가 없다면, 오히려 그게 안심이 될지도 모르겠다. 마음이 없다면, 오히려 그게 안녕이 될지도 모르겠다.

## 이별은 변한 것이 없다

—

이제야 조금 괜찮아지나 싶었는데, 한순간에 무너져버렸다. 처음부터 모든 게 한 번에 무너지면 좋을 텐데. 제기랄 순서도 없이 차례로 무너진다. 이유도 없이 원망스럽다가도 너도 버티다 버티다 하나씩 무너뜨리는 거겠지 하고 받아들인다. 그리고 그 생각에 나는 완전히 무너진다. 흔적도 없는 것이 이처럼 쉽게 이미지로 그려지는 것은 고단하고 고된 일이다. 모르던 사실을 알게 되었을 때보다 위험한 순간은 없다. 스무 번의 계절, 이별은 참으로 변한 것이 없다.

# 아마도 이별이었을 것이다

—

떠날 거였으면 오지 말지 그랬어. 그랬다면 세상에 네가 있는 줄도 몰랐을 텐데. 비슷한 것 하나 없이 마주할 일 없던 사람과 우연히 붙었다 떨어지는 것이 운명이라면, 이런 게 운명이라면, 나는 이제 운명이 싫다. 우리를 이어준 다리는 슬픔이었을까. 그리움이었을까. 아마도 이별이었을 것이다.

## 떠난 자리에 남은 흔적

—

거실 바닥에 떨어진 머리카락 하나, 내 것은 아니다. 울었다. 네 머리카락 한 가닥 때문에 나는 종일 울었다. 아팠다. 아직 꽂혀 있는 자주색 네 칫솔 때문에 나는 종일 먹먹했다. 네가 준 사진 한 장과 네 글자에 찍힌 점 하나 때문에 나는, 내내 삶이 편치 못하다. 어찌 알고 그랬는지 너는 내가 세상에서 가장 슬퍼하는 말을 마지막으로 남겼다.

## 나의 마음은 나의 것이다

—

잊는 건 나의 몫인데, 왜 네가 너를 나에게서 지우려 하는지. 끊고자 하는 마음이 너의 것이듯, 천천히 멀어지는 것은 나의 마음이다. 이 내 그리움은 너와는 상관 없는 일이니, 너는 신경 쓰지도 말아라.

너의 삶, 너의 생각, 너의 감정, 이제 관심 밖의 일이다. 그러나 걱정은 된다. 기억에 감춰둔 마음이 무엇이길래, 자꾸 생각이 따른다.

## 쓸모 없는 것들

—

네 생각만 한다. 시간만 간다. 아무것도 그대로다. 서러운 밤, 섭섭한 연락, 씁쓸한 소식. 잊히진 않아도 잃게 되는 마음, 감정, 추억.

무용한 것들이 끝까지 쓸모없는 이유.

# 아름다운 날

—

기억에 바람이 깃든다. 마음에 파도가 솟는다. 때마침 햇살은 찬란하다. 그로부터 끝내 우리는 부서진다. 우리는 오늘 헤어져야 한다. 이 눈부신 날에 우리는 헤어진다. 강물은 잔잔하고, 철길 위로 열차가 흘러간다. 아름다운 날이다.

## 마음에 불이 난다

—

기억을 거꾸로 태운다. 기억에 붙은 불이 가슴에 번진다. 마음에 불이 난다. 검붉은 연기를 뿜으며 연소한다. 타다 만 기억이 흩날린다. 손으로 잡는다. 마음에 다시 담는다. 뜨거워진다. 보고 싶어진다.

## 행복은 슬픔이 되기에

—

한숨만 나와. 그래서 나는 숨을 다시 마시기가 싫어. 마신 숨은 또 한숨이 될 테니까. 감정도 똑같지 않을까 싶어. 어느 날의 행복이 또 언젠가의 슬픔이 될 테니까.

## 괜한 마음

—

처음부터 잘못 생각했다. 내가 진심으로 대하면 바꿀 수 있다고 생각했는데, 아니었다. 깊게 박힌 마음은 함부로 바꿀 수 없다. 누구에게도 도움이 되지 않은 시간이었다. 괜한 시간을 보냈다. 괜한 마음을 쏟았다. 너를 알게 된 이후로 처음으로 후회가 된다.

# 당연한 감정

—

어머니는 요즘 부쩍 내게 고맙다는 말과 미안하다는 말을 번갈아 하신다. 고맙다는 말도 미안하다는 말도 나는 어쩐지 편하지 않다. 내가 전하는 마음들이 엄마에겐 당연했으면 좋겠다.

## 우리는 다시는 만나지 말자

안녕, 지금쯤 너는 어딘가에서 별을 헤며 소원 하나를 빌고 있겠지. 너에게 오늘 보여주고 싶었던 별이 있었는데 그럴 수 없게 되었네. 그저 언제고 네가 마지막으로 빌었을 그 소원이 이뤄지기를 바랄게. 그날 나한테 무슨 소원을 빌었냐고 물었지. 그때 대답하지 않은 남은 하나의 소원은 지금 네가 비는 소원을 꼭 들어달라는 거였어. 그러니 꼭 이뤄. 그래도 네가 행복해지는 것은 받아들일 수 있을 거 같아. 부디 행복해져. 마지막이라는 생각에 멀리까지 적고 싶었다만, 오고 가는 동안에 혹여 마음이 바뀔까 짧게 적어. 나는 여기까지야. 여기까지 오는데도 한 달 하고도 보름이 더 걸렸어. 이제 내가 쓰는 글은 너와는 상관없는 감정이니, 너도 너라고 적히는 글의 네가 더는 너라고 생각하지 마. 생일 축하해. 갔더라도 와줘서 순간이나마 행복했어. 그리고 우리는, 다시는 만나지 말자. 고마웠어.

사랑에 답이 있다면, 이별이 없겠지. 이별에 답이 있다면, 그리움이 없었을 것이고.

# 봄은 아주 오랜 시간 오지 않았기에

—

여름은 행복했고 가을은 슬펐어, 그리고 이 겨울은 참담해. 하지만 이제 너와는 상관없는 일이야. 나는 겨울 뒤에 봄이 있다는 사실을 믿지 않아. 봄은 아주 오랜 시간 오지 않았기에 나는 봄이 있었다는 기억마저 믿을 수 없게 되었어.

## 사람에게 잊히는 게
## 얼마나 슬픈 일인지

—

나는 이제 너에 대한 어떤 기억도 필요가 없다. 사람에게서 잊히는 게 얼마나 슬픈 일인지, 곧이어 너도 알게 될 것이다. 그러나 이미 알고 있다면, 내가 너를 잊는 것에 대하여 조금 망설여지겠다.

버리고 오려다 확실히 되뇌고 간다. 지난 방문에 힘겹게 버린 것들도 다시 담아 온다. 눈에 담은 것은 잠시 행복하나, 돌아오는 내내 마음이 무겁다.

## 이대로 멀어지는 것이 맞다

—

이제 와서 지난 일을 헤집어 돌리고 싶지는 않다. 돌아간다고 해도 다 알기 전과 같을 리 없다. 시간을 되돌리는 것보다 어려운 일이 기억을 잊히게 하는 것이다. 이대로 돌아서는 것이 맞다. 이대로 멀어지는 것이 맞다. 너도 나도 잘 하고 있는 것이다. 조금만 더 참자. 괜찮아지면 그때는 술 한잔하자는 그 말. 당장은 이해할 수 없지만, 덕분에 사는데 도움이 된다.

## 너의 고단함이 되기는 싫었다

이별을 받아들인 이유는 하나였다. 너의 삶은 너무 고단해 보였다. 한 번도 슬퍼 보였던 적은 없다. 슬픔으로써 네가 너를 보호하고 있었을 뿐. 그 고단함 속에서 결핍된 것을 채우려 안간힘을 쓰고 있었다. 나까지 너의 고단함이 되기는 싫었다. 지금은 없을 아픔을 주고 싶지는 않았다.

내가 행복하길 바란다는 사람이 나에게 아픔을 주고 떠난다. 사는 게 참 믿기지 않는다.

## 상실이다

이틀을 크게 앓았다. 이별에 적응할 때쯤 나는 늘 크게 앓는다. 쌓인 감정이 피부를 뚫고 이제 내 것이 아니라고 발악을 하며 세상 밖으로 빠져나간다. 상실이다.

# 여기까지만 미워할게

—

여기까지만 미워할게. 더는 못 하겠다. 나도 힘들었고, 너도 힘들었을 것이다. 이만하면 되었다. 마지막 순간에는 미워하는 마음 없이 인사하고 싶었다. 이제 그만, 모든 기억에서 널 보내줘야겠다.

## 행복했던 기억 때문에

뭘 얼마나 대단한 행복을 찾겠다고, 사랑을 버리고 슬픔을 둘러매고 아픔을 느껴가며 떠나버리는지. 그때 그 행복이 도대체 얼마나 행복했길래. 사람을 병들게 하는 것은 어쩌면 상처가 아니라, 행복했던 기억은 아닐까.

## 또 하나의 시절이 끝이 나는 날

—

그날은 또 하나의 시절이 끝이 나는 날이었다. 주어진 시간은 길어야 한 시간. 듣고 싶지 않았기에 나는 계속해서 말을 뱉어냈다. 그 사람이 표현한 말은 진심이 아니라, 애써 고민한 생각처럼 느껴졌기 때문이다.

꽃이 죽는다. 변고가 생긴 것이 아니라, 그저 피었기 때문이다.

## 꿈이 이제서야 깼을까

—

어느 날에는 무서운 꿈을 꿨다고 내 품에 안겨 펑펑 우는 너를 안고서는 그날 밤에 나는 무슨 생각을 했을까. 무슨 마음을 가졌을까. 네가 꾼 꿈은 무엇이었을까. 그 꿈에 내가 있다는 것을 알면서도 듣기만 했다. 괜찮다 달래기만 했다. 그때 그 꿈이 이제서야 깼을까.

마음 앞이 캄캄하다.

기억하고 사는 사람들만 마음 아픈 것이 인생이다.

# 3장

# 애써, 권태롭다

## 사랑은 끝났다

—

고민하기가 싫어진다. 사랑이 대단한 것이 아니라는 것을 알기 때문에. 애를 써 쏟아부은 것의 결과는 결국 이별이라는 것을 알기 때문에. 마음에도 생각에도 더는 사랑을 담기가 싫어진다. 행복에 기대어 심장이 빠르게 뛰는 것이 불편해졌다. 더는 사랑은 싫고, 좋아하는 것 몇 개 이루고 살면 그래도 행복하지 않을까 싶다.

# 굳게 굳은 마음

가만히 멈춰 있으면 어떤 감정도 괜찮아지지 않는다. 나는 그랬다. 감정을 쓰고 마음을 쓴다. 끄집어 소모한다. 침대에 누워서는 소파에 누워서는 어느 공원의 잔디밭에 누워서는 강 위에 바다 위에 나를 떠받쳐 띄워 놓고는 늘 같은 생각을 바닥에 떨어뜨리고, 늘 같은 마음을 하늘에 날려 보냈다. 강에 던진 기억은 아직도 어딘가를 떠다니고 있을 것이다. 가라앉았다면 내 눈에 계속 보일 리 없다. 애를 쓰고 있다고 생각했으나, 그 역시 정체된 것이었다. 달라진 것이 없었으나 그렇다고 망해가는 것은 아니었다. 적어도 나는 감정을 계속 느끼고 있었으니 살아 있는 것이었다.

## 적당한 소란함이 좋다

—

너무 조용한 것은 싫다. 무언가 감추는 소리가 들려 괜히 마음 졸이게 된다. 외로운 것들이 부딪히는 소리가 눈에 밟혀, 모르는 척 순간을 떠나기가 힘이 든다. 적막에 이르기 전의 그 고요함이 고독이 아니라 쓸쓸함에 그치는 이유이다.

## 표정을 짓고 싶다

하루는 길고, 일 년은 짧다. 사는 것은 바쁘나 시간은 많다. 그 많은 시간을 갖고서도 기껏해야 하루에 두어 번 거울을 본다. 지난 몇 해 동안 그 거울에 내 표정이 비친 적은 없다. 보고 싶다는 말에 표정이 있다면, 내 입에서 나온 말은 울고 있었을 것이다. 오늘은 거울 아래 벽에 기대어 한참을 앉아있었다. 거울 안에 내가 애써 웃고 있었기 때문이다.

## 이대로 시간을 흘려보내기 싫다

엄마가 늙는 것이 싫다. 아버지가 야위는 것이 싫다. 내가 나이를 먹어가는 것이 싫다. 추억이 짙어지는 것이 싫다. 그만큼 더 많이 생각한 듯하여, 닳고 닳아 소중한 것으로부터 점점 멀어지는 듯하여 싫다. 소중한 것들은 언제까지나 생각도 마음도 편안한 것이었으면 좋겠다.

# 그냥

—

그냥 하면 된다. 그냥 못 하면 삶이 피곤하다. 이유가 필요한 것이 있고, 이유가 필요 없는 것이 있다. 모든 이유를 떼어내고, 그 자리에 '그냥'이라는 단어를 쓰기까지 얼마나 많은 이유에 치여 고되었는지 모른다. 마음에까지 특별한 이유를 달고 싶지는 않다. 그동안 마음이 너무 피곤했다. 모든 감정이 고단했다. 고달팠다. 나는 이제 그냥 하고 산다.

## 가볍게 오고
## 가볍게 떠나는 그런 감정

—

지나갈 사람은 그냥 지나갔으면 좋겠다. 아주 잠시도 멈춰있지 않았으면 좋겠다. 고단하고 고되게 쌓은 감정들은 그 처리마저 힘겹다. 무엇 하나 마음 편히 회복되지 않는다. 나도 모르게 사라져버리는 그런 감정은 어디 없을까. 가볍게 오고, 가볍게 떠나는 그런 감정이 있다면 지금이었으면 좋겠다.

## 완벽할 필요는 없다

—

사랑을 나누지 않아도 행복할 수는 있다. 그러나 사랑 없이는 완벽한 행복에 이를 수 없다. 성취에 의한 행복은 반드시 그 끝에서 공허를 동반한다. 아직까지 나는 사랑 이상의 행복을 알지 못하겠다. 사랑이 끝났다. 완벽한 행복, 그깟 게 뭐라고 다시 그 꼴을 하고 싶지는 않다. 그러기에는 나는 너무 오래 슬펐고, 이별할 때마다 감당하기 버거운 불행을 느꼈다. 세상의 모든 불행을 짊어지는 기분이었다. 바라건대 행복하지 않아도 좋으니 더는 불행하고 싶지 않다.

# 해방

단 하루 만이라도 감정 없이 살아봤으면 싶었다. 단 하루 만이라도 생각 없이 살아봤으면 싶었다. 단 하루 만이라도 기억 없이 살아봤으면 싶었다. 어느 겨울의 소리 없는 바람이었다. 기온이 특별히 높거나 낮지 않으면 느낄 수 없는, 내 의지와는 상관없이 결정되는 그런 바람이었다. 도저히 이뤄질 것 같지 않은 소망이었다.

## 마음대로 되지 않는다

—

당황스러웠다. 처음 겪는 일이라 어찌할 바를 몰랐다. 나는 이 상황을 배운 적이 없음에 어려운 것이 아니라 어색한 것이었는데, 그게 어렵다고 생각했는지도 모르겠다. 여린 마음에 소중한 마음을 그르쳤다. 잊힐까 모르겠다.

## 멀어진 사람들에게

내가 느끼는 감정들이 주변 사람들을 힘들게 한다. 그래서 멀어진 것이었다. 그들이 싫었기 때문이 아니라 나는 내가 싫었다. 그 마음 같은 생각을 언젠가 조금은 알아줬으면 좋겠다. 나 역시 가끔은 당신들이 생각난다.

## 마음 쓰지 않고 살고 싶다

—

무너질 걸 알면서도 쌓는다. 그게 뭐라고 그리 애틋했을까. 가지지도 못한 것을 품고서는 행복했다. 사실은 무너진 것도 없이 나는 무겁게 넘어진다. 혹시 누가 또 일으키려 할까 애써 외면한다. 마음을 굳게 여민다. 마음 보이지 않고 살고 싶다. 마음 쓰지 않고 살고 싶다.

## 완벽히 잊히는 기억은 없기에

—

한 번 먹은 마음은 내 삶 어딘가에 늘 갖고 사는 것은 아닐까. 기억이 영원하지 않아도 잊히지 않는 것이 그것을 증명한다. 그게 이별의 이유였다. 남아있는 것을 어쩌지 못하고 포기한 것이다. 겁이 났을 것이다. 어느 날 불현듯 찾아올 그때 그 행복했던 마음에 대하여 마음 편히 마주할 자신이 없었을 것이다. 이만큼 떨어지고 나서야 그 선택이 조금은 이해가 된다.

사람 한 명 잊는데 도대체 마음을 얼마나 써야 할까.

## 마음을 버린다

언젠가는 터질 마음을 끌어안고 싶지는 않다. 나는 이미 커다란 폭발을 한 번 경험했기에 마음 다루는 일에 늘 조심스럽다. 할 수 있는 것이라고는 여기저기 떠돌아다니며 마음을 떨어뜨려 놓는 것뿐이다. 터지더라도 크게 터지지 않기를 바라며, 다시 폭발하더라도 잔해가 남지 않기를 바라며, 그 누구도 알아보지 못하기를 바라며, 감정이 연쇄적이지 않기를 바라며, 조각낸 마음을 서로 모르는 곳에 놓아두고 다닌다.

## 바뀌고 바뀌지 않는 것

—

오래 머물렀다. 안간힘을 써가며 가끔은 떠밀리고 흘러 여기까지 왔다. 누군가를 만났고, 잠시 사는 듯했다. 그리고 나는 다시 멈추어 여기 머무른다. 바뀐 건 시간을 표시하는 숫자들과 사람 하나 더해진 기억뿐이다. 바뀐 시간은 좀처럼 불편하고, 더해진 사람은 계속 무겁다. 아무래도 더 오랜 시간을 쓰게 될까 벌써부터 두렵다.

## 욕심이 필요했을까

—

마음에 욕심이 없는데도, 사는데 욕심이 없는데도, 사는 게 왜 이렇게 힘이 들까. 삶에 무엇이 가득 찼길래, 마음에 무엇이 가득 찼길래 이다지도 고통스러울까. 욕심을 가졌다면 오히려 고통스럽지 않았을까. 욕심을 부렸다면 놓치지 않고 살았을까. 후회스럽다.

## 미워하는 마음으로

약간의 시간이 흘러 마음을 다잡기 시작하면, 제일 먼저 좋았던 기억을 망가뜨린다. 이건 내 선택이 아니라, 이별 안에서 반드시 필요한 작업이다. 이때 쓰이는 감정은 원망에 이르지는 못하는 적당한 미움 하나. 그 미움을 담아 어느 날의 아무것도 아닌 열망을 담아, 기억과 기억 사이에 거대한 산을 세운다. 너는 그 산을 오르고, 나는 그 산을 무너뜨린다. 나는 바다가 좋다. 나는 바다가 좋다. 읊조린다.

## 행복을 주고 싶었다

그저 흐름대로 흘러가지 못하고 내내 무언가에 부딪히는 사람이었다. 상처투성이었다. 감추고 싶어 했으나, 알아봐 주기를 바라는 사람이었다. 나는 내가 알지도 못하는 그 상처를 아는 척하기는 싫었다. 행복만 주고 싶었다. 환경이 사람을 바꾼다는 말을 믿기에 그런 환경을 만들어 주고 싶었다. 내가 아는 모든 행복을 보여주고 싶었다. 그리고 그 행복으로부터 행복을 알아가기를 바랐다. 결과적으로 이 같은 행복은 내 욕심이었고, 어쩌면 이기적인 생각이었을지도 모른다. 나는 또 한 번 틀린 것이었다.

## 그날의 그 행복들을 지키고 싶다

짧은 시간 동안 만들어진 추억은 생각보다 쉽게 잊히나, 잊힌 것들은 금방 다시 떠오른다. 쉽게 잊히고 쉽게 떠오른다. 다행이라면 다행이다. 그 시간에는 의미가 담겨있기에 낭비한 것은 아닐 것이다. 그렇다면 가벼운 걸까, 가볍다고 생각하는 걸까. 처음에 생겼을 기억이 나중에 가서는 원치 않는 모습으로 바뀔까 불안하다. 끝내 잊히거나 잊히지 않더라도 기억이 달라지는 것은 지어낸 이야기가 되는 것 같아 싫다. 잊히기를 바라나, 잊히지 않는다면 지키고 싶다. 그날의 그 행복들을.

## 기억의 모습이 같았으면 좋겠다

우리 그냥 다시 사랑하면 안 될까. 쓰지 못하고 버려지는 시간이 너무 아깝다. 나 혼자 쓰기에는 세상이 너무 아름다울 때가 있다. 아름다움을 눈에 담는 것은 내 오랜 성격이니 앞으로도 그럴 것이다. 오늘 밤에는 달이 예쁘게 떴다. 너도 분명히 저 달을 어딘가에서 보고 있을 것이다. 마음에 담고 있을 것이다. 이처럼 아름다운 것을 볼 때는 또는 같은 것을 보고 있을 때는 같은 곳에 있었으면 좋겠다. 기억의 모습이 같았으면 좋겠다.

# 기억이 추억을 잃으면
# 마음의 병이된다

시간이 많이 흘렀다. 내가 특별히 좋아해 아끼고 아끼던 기억들은 어느새 쓸모없는, 쓸데없는 기억이 되었다. 한때는 추억으로 이름 붙여 놓았던 기억들. 기억마다 저마다의 이름이 붙어 있다. 내가 가진 기억에는 어느덧 감정도 없는 것들이 많다. 갖고 있기에는 거추장스러운 것들이 대부분이며, 기억은 많고 추억은 사라졌다. 추억이 없는 기억은 마음의 병이 된다.

## 그리움이 싫지만은 않다

혼자가 되어 아무도 들지 않는 날들. 무엇도 들지 않은 날들. 그런 날에도 한 번 삶을 거두고 싶었던 적은 없다. 그리움이란 나를 병들게 하는 것이면서도 나를 살게 하는 것이었다. 나는 네가 보고 싶어 살고 있다. 나는 더 잘 살 것이다. 그런 기특한 마음으로 나는 해낼 것이다. 지금의 그리움에 반드시 이유가 있을 것이다. 그렇기에 이 지독한 그리움이 싫지만은 않다. 마음은 마음먹기에 달렸다. 나는 내 마음이 좋다.

## 너도 너를 소중히 여겼으면 좋겠다

자신의 안녕을 바라는 사람이 많아서 잘 지낼 수밖에 없다는 그 말, 너다운 생각이었다. 참 외롭고도 슬픈 말이었다. 씁쓸하고도 쓸쓸했다. 그렇다고 네 이름 앞에 불쌍하다는 표현을 쓰기는 싫다. 그저 너를 떠올리며 드는 생각은 대부분이 안쓰러운 것이었다. 나는 네가 너만을 생각하고 살았으면 좋겠다. 너의 세상에서 가장 소중한 것이 너였으면 좋겠다. 너라고 생각하는 것이 아니라, 진짜 너였으면 좋겠다. 내가 너를 소중히 여기었듯이, 너도 너를 소중히 여겼으면 좋겠다. 이것은 내 바람이 아니라, 너에게 보내는 응원인지도 모르겠다.

## 떨치고 싶은 감정

—

아침에 눈을 뜨면 다시 감고 싶어진다. 꿈이라면 깨고 싶고. 꿈이 아니라면, 꿈이라도 꾸고 싶어진다. 그저 가지고 있는 감정이 모두 바닥에 내팽개쳐지도록, 지금의 현실이 한 번쯤 크게 뒤집히길 바랄 뿐이다.

## 천천히 잊고 싶다

잊어야 할 것이 있다면 잊어야겠지. 언젠가는 그래야겠지. 그래도 내 마음이 괜찮다면 천천히 잊고 싶다. 너를 다 잊을 때까지. 네가 다 잊힐 때까지. 이번에도 내가 괜찮았으면 좋겠다. 내가 잘 견뎌주면 좋겠다. 몸과 마음에게 부탁을 한다.

## 나를 힘들게 하는 것으로
## 나를 괜찮게 만든다

—

이 새벽에 나는, 달도 가라앉을 시간에 나는. 마음 하나 가라앉히지를 못해, 알고 지낸 수천수만 일의 밤을 꺼냈다 삼켰다 한다. 이렇듯 나는 나를 힘들게 하는 것으로 다시 나를 괜찮게 만든다. 지난 이별에 몸을 혹사 시켜 나를 지켰다면, 이번에 내가 할 일은 감정을 혹사 시키는 것이다. 차라리 온갖 감정을 다 느껴보고 싶다. 혹여라도 그 많은 감정 안에 좋은 감정이 하나 있다면 바랄 것이 없겠다.

## 끝끝내 돌아오지 않더라도 상관은 없다

너는 떠났고, 나는 남았다. 마음은 순식간에 정리할 수 있는 것이 아니기에 무작정 생각부터 정리하기 시작했다. 네가 긴 여행을 떠난 거라고 생각하기로 했다. 나는 배웅하고 마중하는 것에 익숙하다. 의외로 깔끔한 정리였다. 너는 제주로 떠났고, 아직 돌아오지 않은 것이다. 누군가의 여행에는 목적지가 없기도 하기에 약간의 위안으로 삼는다. 끝끝내 돌아오지 않더라도 상관은 없다. 그것은 정해진 사실이 아니기에 마음 전체가 무너지지는 않는다. 삶을 지탱하는 것은 감정의 크고 작음이 아니라, 있고 없음의 문제니까. 이번에 나는 꽤나 괜찮을지도 모르겠다.

## 모든 것이 꿈이었으면 좋겠다

잠을 이루지 못하는 밤에도 나는 꿈을 꾸고 있었다. 기억은 꿈이 되고, 감정은 그 꿈의 모습이 된다. 모든 사건과 감정은 엇갈려 꼬리를 문다. 있었던 일이 없던 일이 되지 않듯이, 없던 일이 있던 일이 되지도 않는다. 꿈은 그저 꿈이었을 뿐, 나는 한 편의 어떤 꿈을 꾸고 있던 것이다. 그것은 깨고 싶은 꿈이기도, 깨지 않고 싶은 꿈이기도 했다. 어떤 식으로든 이제는 꿈에서 깼으면 좋겠다는 생각을 한다. 모든 것이 꿈이었으면 좋겠다.

## 살다 보면
## 선물 같은 날도 있지 않을까

—

네가 돌아왔으면 좋겠어. 아무 일도 없었다는 듯이 이젠 그랬으면 좋겠어. 이제 정말 그랬으면 좋겠다. 오지 않을 날이라는 것을 알면서도 가끔은 그런 기대에 기대고는 한다. 언젠가는 말도 안 되는 날이 있지 않을까. 살다 보면 선물 같은 날도 있지 않을까. 이런 마음들이 조금은 나를 더 잘 살게 한다. 너는 나를 떠나서도 내게 필요한 사람인가 보다.

# 시간을 채우는 일에 시간을 쓴다

시간이 흐르면 시간에 이른다. 어느 날 계획해 두었던 순간에 다가서고, 때마다 그 계획을 지우거나 홀로 맞이한다. 고작 한 달이 지났다. 그 날로부터 나는 매 순간의 시간을 지워가며 맞는다. 둘이 하려던 것을 혼자 한다. 부피는 변함이 적으나 밀도가 줄어든 것은 극명하다. 애써 혼자서 그 부피를 채워낸다. 공허가 잦아지는 것은 어쩌면 당연한 일이다. 오늘의 일은 어느 날엔가의 소망이었다. 희망을 사고에 작용하지 않고 살겠다는 다짐을 한 이래로, 작은 소망을 여럿 채우며 살았다. 하나 그런 작은 소망마저도 부서질 때는 온 마음을 사정없이 무너뜨린다. 나는 방법이 없어 더는 방도를 찾지 않는다. 그저 시간을 채우는 일에 시간을 쓰는 중이다. 이제 가진 것이 기억과 그 기억에 대한 감정밖에 없음에 고달파진다.

시끄러운 것은 많고, 듣고 싶은 것은 없고. 지겹다.

## 포기하게 되는 감정

소중한 것이 떠나간다. 미치지 않는 것이 이상한 것이고, 미치는 것이 당연한 것이다. 며칠을 정신없이 지냈다. 덕분에 지금은 다시 몇 개월을 마음 없이 지낸다. 너 하나 때문에 나는 여럿의 감정을 포기했다. 감정을 정리한다는 것은 그 감정이 괜찮아지는 것이 아니라, 그 감정을 포기하게 되는 것이다.

# 이제 괜찮아져도 되는 것은 아닐까

무너져야 할 때를 정확히 알면 얼마나 속이 편할까. 속에 담긴 것이 아직도 너무 소중해서, 사라질까 함부로 낫길 바라지도 못한다. 왜인지 오늘인 것 같다가도 뭔가 조금은 더 남은 거 같아서 나를 이 지옥에 내버려 둔다. 그리고 지금은 남아 있는 것을 확인하는 중이다. 확인이 끝이 나면 둘 중 하나일 것이다. 무너지거나, 괜찮아지거나. 그렇다면 이제 괜찮아져도 되는 것은 아닐까.

# 밤은 늘 새벽이 됩니다

모든 밤과 모든 새벽이 그리움이었을까. 나는 그랬다. 누군가 새벽에 대해 내게 물어보면 늘 같은 대답을 줬다.

“모든 새벽은 그리움이었습니다. 한 번도 그립지 않았던 새벽은 없습니다. 그 새벽을 견딘 내가 기특하고 대견합니다. 그 어떤 감정 하나 외면하지 않고, 있는 그대로 맞서서 지나온 시간이었으니까요. 밤은 늘 새벽이 됩니다. 한 번도 새벽 없이 아침이 온 일은 없습니다. 새벽이 있다는 것을 아는 사람과 새벽이 있다는 것을 모르는 사람의 아침이 같을 리 없었습니다.”

## 보고 싶다는 마음 하나 적고 싶다

수많은 글귀가 모두 내겐 한 편의 글이었다. 마음에는 형태가 없으니 마땅한 크기도 없을 터. 그 마음을 모두 더해도 결국 이 하나의 마음과 같을 것이다. 나눠 적을 수 있다면 그간의 일을 낱낱이 들려줄 것이고, 더하여 적어야 한다면 보고 싶다는 마음 하나 적고 싶다.

## 때로는 너는
## 너를 너무 가혹하게 만든다

---

인간은 태어나 평생을 외로움에 몸서리친다. 그런데도 그렇게 구태여 스스로 외로워질 필요가 있을까. 사람을 외롭게 만드는 것은 대부분이 눈에 보이는 것들이다. 좋다 하여 다 담지도 못할 것들인데, 왜 자꾸만 더 많은 것을 보려고 하는지. 열에 아홉을 가져도 하나를 갖지 못하면, 갖지 못한 것을 그리워하는 것이 인간이다. 애써 감정을 몰아붙이지 마라. 때로는 너는 너를 너무 가혹하게 만든다.

## 다른 사람으로 산다

슬프지 않고 행복해질 방법이 있는데, 외면한다. 어느 날의 아픔이 여전히 두려워 나도 몰래 버려두고 산다. 모르는 척 계속 슬픈 척 산다. 감춰둔 마음 다칠까 다른 사람으로 산다. 너를 잊게 되면 나는 내가 없다. 너에게 내가 없듯이 나에게도 내가 없다. 그렇게 나는 다른 사람으로 산다.

# 묻고 싶다

—

내가 얼마나 힘들고 어렵게 마음을 준 건지, 너는 알고는 있었을까. 그때는 몰랐어도, 지금은 알고 있지는 않을까. 묻고 싶다.

# 소중한 것은 소중히 여길 것

미워한다고 해서 비단 그게 미움이기만 했을까. 마음은 마음대로 되는 것이 아니다. 한참을 밉다가도 순간 보고 싶어서, 한참을 무시하고 순간에 집착한다. 내내 반짝이는 것은 아름다운 것이고, 잠깐 반짝이는 것은 소중하고 특별한 것이다. 아름다운 것을 소중히 여기고, 소중한 것은 아름답게 여겨야 한다. 잃고 나서야 깨닫는다.

기억하고 사는 사람들만 마음 아픈 것이 인생이
다.

## 혼자만의 시간이 사는데
## 꼭 필요하다고 했다

—

혼자만의 시간이 사는데 꼭 필요하다고 했다. 그때는 이해하지 못했다. 나는 아주 오랜 시간을 혼자 지냈고, 뭐든 함께하고 싶었다. 이제서야 얼핏 이해가 된다. 나는 상처로부터 내려오는 중이었고, 너는 상처를 후벼파며 치닫는 중이었다. 우리는 타이밍이 맞지 않았던 것이다.

## 정말 아픈 것은 상처가 아니라,
## 상처에 대한 기억이다

—

마음 아픈 일이 한번 들어와 얹히면, 옅은 바람에도 그 아픔이 흔들렸다. 아프지 않았으면 몰랐을 것을 한 번 아프고 나면 내가 알지도 모르는 아픔까지도 끌어안게 된다. 정말 아픈 것은 상처가 아니라, 상처에 대한 기억이다. 기억이 잊히지를 않는다.

## 내가 내 마음을 너무 잘 아는 것은 외로운 일이다

—

마음은 시끄러운데 이 시끄러운 마음을 진정시켜줄 사람이 없어서 스스로 달래다 보니, 내가 내 감정을 너무 잘 알아서 내가 안쓰러운 날이 많다. 다른 사람들은 자신들의 마음을 잘 모르겠다는데, 내가 내 마음을 너무 잘 아는 것은 외로운 일이다.

## 나는 태어난 대로 사는 것이다

고층의 찬 공기, 찐득한 하늘 냄새. 언제 뱉었는지도 모르는 한숨들이 뒤엉키는 소리. 그리움이란 상처를 계속 매만지는 것이라는 것을 잘 알면서도, 나는 이곳에서 떠날 줄을 모른다. 기억이 사라지지 않는 한 내 그리움도 사라지지 않을 것이다. 예쁜 마음 하나 허물지 못하는 것은 갖고 태어난 천성. 나는 태어난 대로 사는 것일 뿐이다.

## 이유가 생겼다

—

마침내 마음을 정리했다. 정리되었는지는 모르겠으나 정리했다. 슬픔의 감정은 견딜 만했으나, 마음에 원망이 들어서는 것은 참기 힘들었다. 그게 이유였다.

## 잃은 것을 모두 더해 이별 하나 얻었다

어느새 나는 사랑을 잃었고, 첫사랑을 잃었고, 추억을 잃었고, 청춘을 잃었다. 잃은 것들 가운데 얻은 것이 있다면, 그것은 이별이다. 잃은 것을 모두 더해 그것 하나 얻었다. 나는 이제 정확히 아는 것이 이별에 대한 기억 밖에 없다.

## 밤이 흔들리고 새벽이 뒤틀린다

마음이 없으면 마음을 흔들지 마라. 가고 싶어진다. 가서 없을까 필요 없는 걱정까지 한다. 의미 없는 글자 하나, 사소한 행동 하나에 내 밤이 흔들리고 새벽이 뒤틀린다. 나를 흔들지 마라. 아침이 온들 일어나지 못할까 걱정이다.

## 잊어도 되는 것은 아닐까

나는 이제 네가 싫다. 그 얼굴도, 그 표정도, 그 마음도, 네가 가진 그 생각들도 다 싫다. 나는 더 이상 네가 예뻐 보이지 않는다. 이 정도면 잊어도 되는 것은 아닐까. 그런데도 네가 자꾸만 보고 싶다.

## 기억을 믿을 수가 없다

그날에 나는 많이 행복했다. 그날에 나는 아마도 행복했겠다. 그날에 나는 정말 행복했을까. 변하는 건 마음이 아닌 기억임에 마음이 쓸쓸해진다. 내 기억은 추억으로부터 얼마나 아름다워졌고 얼마나 더럽혀졌을까. 남은 기억을 믿을 수가 없다.

## 너를 잊는 동안에도
## 나는 내내 그리웠다

—

날이 좋은 날에 나는 그리움을 느낀다. 날이 흐린 날에 나는 그리움을 느낀다. 한 번 가보지 못하여, 오래 보고 싶었다. 사뭇 마음에 가득 찬 것이 온통 그리움에 대한 것이라, 너를 잊는 동안에도 나는 내내 그리웠다.

너를 다 잊어가던 날의 밤에도 나는 너를 생각하며 눈물을 흘렸다.

## 시작하는 것이 슬퍼졌다

그 옛날 우리는 얼마나 서로가 힘들었던 걸까. 다가가지도 못할 만큼 커다란 힘듦이었을까. 이다지도 아픈 사랑을 뭣 하러 시작했을까. 이다지도 아픈 이별을 뭣 하러 시작했을까. 처음에는 끝이 나는 것이 슬펐는데, 그만큼의 슬픔이 쌓인 까닭일까. 나이가 들수록 다시 시작하는 것이 괴로워진다.

## 너를 너무 많이 좋아하지 말 것을 그랬다

가로등만 줄지어 켜진 골목길을 걷는다. 온갖 생각들이 눈앞에서 부딪히고 마음이 부서져 내린다. 모르는 척 그냥 스쳐 가는 것은 없다. 모든 것이 나를 한 번씩은 세차게 휘갈기고 나서야 떠나버린다. 구태여 나를 위로라도 하려는 듯이 그렇게 날카롭게 가버린다. 여기 오지 말 것을 그랬다. 너를 너무 많이 좋아하지 말 것을 그랬다.

기억이 잊히지 않아도, 마음이 바뀌면 잊힌 기억이나 다름 없다. 애를 써 잊으려 노력할 것이 아니라, 마음에 좋은 것을 담으면 된다.

## 새벽에는 기록하지 않는다

새벽에 떠오르는 대부분의 생각은 하지 않았으면 더 좋았을 것들이다. 이미 지나간 것이다. 지나간 것들이다. 새벽에 꺼낸 생각은 내 삶 어디에도 기록되지 않았으면 좋겠다.

## 아무것도 아닌 것에 상처받는다

눈이 내렸다. 바람도 불었다. 바닥에 쌓인 것들이 한데 엮여 휩쓸려 온다. 쓸모 있는 것들은 결코 바닥에 쌓이지 않는 법. 부는 바람마다 온 마음에 상처가 난다. 이렇듯 나는 아무것도 아닌 것에 상처받으며 산다. 아린 바람이 분다. 무엇이 바람을 일으키는지, 감정은 멈출 줄을 모른다.

## 사랑이 위험한 이유는
## 우리 삶에 가장 소중한 시절을
## 써야 하기 때문이다

—

붙잡는다고 잡힐 거였으면 또 떨어지려고 할 것이고, 붙잡아도 안 잡히는 것은 아무리 애써도 잡히지 않는다. "해보니까 그래. 그냥 놓아버려. 시간이 아까워." 정신을 차려보니 청춘이 다 지나가 버렸다. 사랑이 위험한 이유는 우리 삶에 가장 소중한 시절을 써야 하기 때문이다.

# 지금쯤 꽃이 피었을까

사무친다는 단어가 얼마나 사무치던지 어느 날에는 네 이름조차 잊을 뻔했다. 이 겨울에 우리는 왜 서로를 곁에 두고 살지 못할까. 꽃이 다시 피어도 괜찮아질 마음이 아니라는 것은 이 계절이 풍기는 감정만으로도 느낄 수 있다. 지금쯤 꽃이 피었을 것이다. 그 꽃은 여전히 아름다운지 모르겠다. 나는 그저 그 꽃 한 송이 꺾어 마음에 다시 두고 싶다.

## 애쓰기 위함입니다

—

나는 이 감정들을 버리기 위해 무던히 애를 쓰고 있습니다. 우는 것도, 여행을 떠나는 것도, 술에 취하는 것도, 누군가와 이야기를 나누는 것도 모두 애쓰기 위함입니다. 내가 멈춰 있으면 애쓰는 것 또한 움직이지 않는다는 것을 나는 너무 잘 알고 있습니다. 부디 당신도 그랬으면 좋겠습니다.

## 내 존재 자체가
## 슬픔이 되는 것 같았다

언젠가부터는 너무 슬픈 장면은 보지를 못한다. 너무 슬픈 이야기는 듣지를 못한다. 가슴부터 머리까지 무언가 꽉 들어차 목구멍을 막는 느낌에 온몸이 경직된다. 어느 날에는 하루치 바람이 가득 차기도 했고, 또 어느 날에는 일주일 치 파도가 가득 차기도 했다. 세상의 모든 슬픔이 내 것이 되어 내 존재 자체가 슬픔이 되는 것 같았다. 벗어날 수 없다면 가라앉고 싶었다.

## 이 계절을 언젠가 말해 주고 싶습니다

—

이곳은 가을이 처참히 무너져 내리고 있습니다. 그 사이로 하얀 것이 솟아 나는 걸 보니 곧 겨울이 올 모양입니다. 당신은 어디까지 가셨나요. 그곳은 겨울인가요? 아니면 아직 가을인가요. 나는 그 여름에 있습니다. 내리던 비는 여전히 내리고 있고, 오려던 눈은 많이도 내렸습니다. 나 혼자 보낸 이 계절을 언젠가 말해 주고 싶습니다.

하늘 색깔이 예쁘다
바다 색깔도 예쁘다
모래 색깔도 예쁘다

그런데 너는 없다
그림이 엉망이 되었다

# 감정 다음에 오는 것에 대하여

—

때로는 그런 생각이 툭 치고 간다. 저 사람은 무슨 감정을 느끼고 있을까. 간혹 나보다 감정의 깊이가 깊어 보이는 사람을 보면 궁금했다. 그 마음을 품고서는 어떻게 살아있을 수 있는 것인지. 감정 다음에 오는 것에 대하여, 듣고 싶었다.

## 행복한 감정을
## 다시 가질 수 있다는 생각

—

슬픔의 빈도와 삶의 무게를 비례로 두는 것은 옳지 않다. 무게를 만드는 것은 그 감정의 깊이이며, 깊은 감정에 빠진 사람의 삶이 색채를 잃는 것은 그 때문이다. 슬픔 또한 하나의 감정일 뿐이며, 감정을 잘 느낀다는 것은 때로는 고된 일이나, 마음이 건강하다는 뜻이기도 하다. 쉽게 슬프고, 쉽게 기쁘고, 쉽게 행복한 것. 좋은 마음을 가진 것이다. 그래서 나는 내가 느끼는 감정들이 오히려 고마웠다. 언제든 행복한 감정을 다시 가질 수 있다는 생각을 마음에 담은 것이다.

행복한 것만이 행복은 아니다. 슬플 때 울어도 되는 것. 기쁠 때 웃어도 되는 것. 힘들 때 투정부려도 되는 것. 감정과 표현이 자유로운 것이 진짜 행복한 것이다.

## 마음 아팠지만 헤어지길 잘했다

—

짧은 만남이라고 해서 감정이 무딘 것은 아니다. 나는 살며 마주친 모든 이별이 슬펐다. 중요한 건 순서였다. 아주 오랜 시간 뒤에 찾아온 짧은 만남이었다. 생각해보면 그것은 감정이 아니라, 감정에 생각을 밀어 넣은 것이었던 것 같다. 내가 가진 어쩌지 못하는 그리움을 이 사람이 잘라 주기를 바라며 나를 맡겼던 것 같다.

## 또 한 번 이별의 순간이 온다면

또 한 번의 이별의 순간이 온다면 이렇게 말해주고 싶다. 내가 너를 참을 수 없을 만큼 좋아했나 보다. 이렇게 될 것을 알았으면서도, 이 순간에 대해 누구보다 잘 알면서도 떠올리지 못했으니 말이다.

# 이렇다할 마음 없이 가볍게

전에는 약속 없는 일요일의 아침을 좋아했다. 정해지지 않은 적당한 시간에 몇 번을 눈을 떴다 감았다 한다. 삼십 분을 그렇게 뒤척인다. 늦잠을 자서 좋다는 약간의 행복도 지난 밤들의 슬픔들도 무엇 하나 느껴지지 않았다. 혹자는 이런 사소한 상태를 공허라고 말하는데, 나는 그런 딱딱한 단어를 쓰고 싶지는 않다. 공허를 갖다 붙이기에는 눈에 보이는 것들이 꽤 괜찮았다. 하얀 천장, 살구색 커튼, 그 사이로 스쳐 들어오는 햇살, 조용하게 들리는 창밖의 아이들 소리. 이렇다 할 마음 없이도 내가 꽤 잘 살고 있구나 싶었다. 일요일의 정오가 그랬다.

## 상처를 갖고 사는 사람들

나에게 상처가 없던 때에는 상처를 가진 사람을 보면 치유해주고 싶고 위로해주고 싶었다. 그러나 지금은 누군가의 상처를 보면 괜히 숙연해진다. 그리고 피하게 된다. 내가 감히 해줄 수 있는 것이 없다는 것을 알기 때문이다. 위로라 건네는 것이 사실은 마음이 아니라 생각의 결론이라는 것을 알기 때문이다. 결론적으로 도움이 되지 않았다. 그래서 나는 상처 있는 사람을 보면 그저 바라만 본다. 내가 필요할 때가 있겠지 하며.

## 나 역시 그 표정으로부터 위안을 느꼈다

—

한마디도 위로해줄 수가 없었다. 내가 알지 못하는 감정이기에 듣고만 있었다. 하지만 그 사람은 그게 위로가 되었던 거 같다. 안도하는 그 표정을 잊을 수가 없다. 나 역시 그 표정으로부터 위안을 느꼈다.

## 세상은 내가 괜찮아질 때까지 기다려 주지 않는다

그때 나는 고작 서른한 살이었다. 그 나이가 무겁게 느껴지지도 않았다. 그렇게 육 년의 공백이다. 서른여섯의 나이. 누군가에게는 아직 젊은 나이, 누군가에게는 아직 어린 나이, 또 누군가에게는 가득 찬 나이. 그런 것들은 중요하지 않다. 그저 내가 느끼는 나이라는 것이 지금은 무겁다. 신경 쓰이고 거슬린다. 무언가를 선택해야 할 때 걸림돌이 되기도 한다. 사람들은 내게 이 육 년의 공백 동안 많은 것을 해내고 이뤘다고 하지만, 내겐 여전히 공백의 시간이다. 시간이 너무 많이 흘렀다. 숫자로써의 육 년은 체감이 되지도 않는 오랜 시간이다. 돌아보니 그렇게 흘렀다. 청춘은 얼마나 남았을까. 시간은 갈수록 빨라지고, 감정은 머물러 있다. 괜찮아지기 위해 노력하라는 말을 하고 싶지는 않다. 다만 그 시간을 소중히 여겨 의미 있게 썼으면 좋겠다.

내가 있는 곳은 그대로 눈에 보이는 계절이라는 정해진 시간에 따라 변해가고, 나는 움직이고 있으나 사실은 머물러 있고, 여기서 빠져 나갈 수도 없다. 마치 관람차에 혼자 갇혀 몇 년을 빙빙 도는 느낌이었다.

## 최후의 구애

—

'그것은 인간에 대한 저의 최후의 구애였습니다. 저는 인간을 극도로 두려워하면서도 아무래도 인간을 단념할 수가 없었던 것 같습니다.'

'다자이 오사무'는 저서 '인간 실격'에서 이렇게 적었다. 한동안 계속 곱씹었던 말이며, 나는 그 최후를 너에게 사용했는지도 모르겠다.

# 인정하기 싫은 순간

—

슬픔이 끝났다는 것을 받아들이지 못했다. 인정하기 싫었다. 그동안 슬펐던 시간과 내가 그리 행복해 애틋하게 여긴 시간이 흔적도 없이 사라지는 듯하여 외면했다. 사랑은 짧고 이별은 길다. 나는 내가 다른 사람들과 다르다는 것을 충분히 증명했다만, 그깟 증명이 무슨 소용일까. 이번에도 나는 쓸데없는 것들만 한 움큼 품에 안고서는 가장 소중한 것 하나를 떨어뜨린 것이었다.

## 기억이라는 장면

2년의 군 생활 동안 아버지는 매주 한 통의 편지를 보내셨다. 내용은 기억나지 않는다. 그저 똑같은 봉투에 똑같은 편지지, 아버지의 필체와 날인. 그런 모습들만 기억이 난다. 중요한 것은 내용이 아니다. 그 행위 자체의 마음이 나는 오래도록 기억에 남았다. 마음은 세세한 것을 기록하지 않는다. 그저 그 모습 자체를 기억에 남긴다. 그 장면 안에 모든 것을 애틋이 여길 수 있도록.

죄는 쌓인다. 씻기지도 않는다. 기억이며, 감정이며, 마음이며, 새벽이며 모두 벌이다. 그리고 그 벌을 당연히 여기어 받게 된다. 그로부터 우리는 마음이 괜찮아질 수 있다.

## 괴로울 것이다

한 번 버린 마음은 다시 주워 담지 말자. 버린 이유가 있을 것이며, 버려진 까닭도 있을 것이다. 주워 담은 것은 원래의 것일 리 없으며, 아무리 말끔히 돌려 놓아도 새것일 리 없다. 항상 생각날 것이고, 괴로울 것이다. 그 마지막이 된 이유 때문에 내내 괴로울 것이다.

잠시 멈췄다 가는 줄 알았는데, 다시는 움직이지 않더라. 이별이 그랬다. 생각한대로 느낄 수 있는 마음이 아니었다.

## 제발 가볍게 좀 살자

요즘은 선택에 앞서 그런 생각을 먼저 마음에 놓는다. 가볍게 살자. 제발 가볍게 좀 살자. 가볍게 좀. 가벼워지는 것은 모르겠으나, 무겁지는 않아서 좋다.

## 용서를 빈다

—

슬프지도 않은 이 새벽이 왜 자꾸 나를 힘들게 할까. 몸이 멈추면 생각의 움직임이 잘 느껴진다. 감정은 말할 것도 없다. 살아온 기억, 그 기억으로부터의 감정. 새벽이라는 시간이 아닌 공간. 무엇이 힘든지도 모르면서도 무엇이 아픈지도 모르면서도 나는 용서를 빈다.

## 그 말의 의미를 그때 알았다면

—

말의 의미를 너무 늦게 알아챌 때가 있다. 이별 후 한참을 지나서야 느닷없이 알게 되는 순간의 의미들이 있다. 그때는 도저히 알지 못하겠던, 이해하지 못하겠던 다툼과 오해들이 이제와 답을 준다. 그 말의 의미를 그때 알았다면, 우리는 어떻게 됐을까.

## 모든
## 힘들고 아픈 감정들에
## 이유가 있기를 바란다

—

기억이 기적이 되기를 바라며 간직하고 있는 기억들이 있다. 잊히지 않아 힘들어하는 기억이지만, 이 기억들이 언젠가 필요한 기억이 되기를 바라며 기억하고 있다. 잊겠다는 말도 사실은 모두 소중하기 때문이었다. 힘들어도 갖고 사는 이 기억들이 언젠가 기적이 되기를 바란다. 모든 힘들고 아픈 감정들에 이유가 있기를 바란다.

괜찮아질 때쯤에는 프로필에 이렇게 적어 두고 싶다.

'위로 받을 준비가 되었습니다.'

## 오고 가는 마음

—

사랑의 감정이 아니고서도 애틋해지는 마음이 있다. 어쩌면 특별할 것도 없는 이 사소한 연락이 사는 데 도움이 된다. 마음을 받는 것도 그 마음을 다시 주는 것도. 무엇 하나 가로막히는 감정 없이 오고 가는 것이 마음뿐이라, 나는 네가 소중할 때가 많다.

## 마음의 거울

나를 알고 싶을 때는 이제 내 주변의 사람들을 본다. 내가 어떤 환경에 있고, 어떤 것에 귀를 기울이고 시선을 두는지 그 사람들을 보면 내가 다 묻어 있다. 생각한 것은 실천으로 확인할 수 있다지만, 마음은 그럴 수 없기에. 나는 내 마음을 내 사람들에게서 비춰본다. 그들이 곧 내 마음의 거울이다.

# 안부

—

언젠가 만나면 해주고 싶은 말이었고, 묻고 싶은 말이었다. 듣고 있는지 읽고 있는지 모르겠다만 이쯤해서 전해줄 수 있을 거 같다.

"나는 이제 괜찮아, 너는 어때?"

오래 보고싶었다.

# 더는 애쓰고 싶지 않은 마음

초판 1쇄 인쇄 | 2023년 9월 20일
초판 1쇄 발행 | 2023년 9월 27일
초판 2쇄 발행 | 2024년 3월 14일

저 자 | 인썸
책임편집 | 김연유
디자인 | 박성진
마케팅 | 김유진, 책방 고즈넉
펴낸이 | 강기홍

펴낸곳 | 그읏
출판사 등록 | 2021년 9월 14일(제2021-000074호)
주 소 | 서울시 광진구 긴고랑로6길 40, 1층
대표전화 | 010-3524-2064
이메일 | geueugbooks@gmail.com
팩스 | 02-6008-2064

ISBN | 979-11-982242-3-1 (03810)

www.goesneok.com